I0674599

BIBLIOTHÈQUE

DRAMATIQUE,

OU

RÉPERTOIRE GÉNÉRAL

DU

THÉATRE FRANÇAIS,

ACCOMPAGNÉ DES NOTES DES ANCIENS COMMENTATEURS,
ET DE NOUVELLES REMARQUES,

PAR MM. CH. NODIER ET P. LEPEINTRE;

AVEC PLUS DE 60 PORTRAITS ET DES *fac simile.*

Prospectus.

L<small>A</small> littérature dramatique est de tous les genres de littérature celui dont on aime le plus à trouver les productions rassemblées. C'est d'après cette considération que nous avons fait paraître la *Suite* et la *Fin du Répertoire*, composées sur le même plan que le *Répertoire du Théâtre français*, et qui en forment la continuation et le complément.

Mais ces collections, en format in-18 et in-12, qui n'ont qu'une destination purement usuelle, étant trop loin d'approcher du luxe des belles éditions, il manque toujours aux bibliothèques une autre collection dramatique, qui en soit tout à la fois le fonds et l'ornement.

C'est donc avec confiance que nous offrons au public la Bibliothèque dramatique en format in-8°, que nous espérons rendre recommandable : 1° par un grand travail littéraire; 2° par la beauté du papier et de l'impression; 3° par les embellissemens de la gravure; tous avantages qui en feront une des éditions les plus remarquables que la librairie française et européenne ait jamais produites.

Nous disons *un grand travail littéraire*, parce que les pièces de théâtre dont se composera cette magnifique collection seront accompagnées de commentaires qui, pour les auteurs du premier ordre, consisteront dans le choix des meilleures remarques des commentateurs anciens, auxquelles nous joindrons de nouvelles remarques, qui seront à la fois littéraires, historiques et morales, et offriront quelques comparaisons entre l'esprit du siècle actuel et celui des siècles précédens.

Nous nous empresserons d'après cela de reproduire les observations les plus essentielles de Voltaire, d'A-lembert, La Harpe, Palissot, Cailhava, Riccoboni, J.-J. Rousseau, Geoffroy, ainsi que de MM. Petitot, Lemercier, Auger, Duviquet, et autres. En un mot,

ce sera un véritable *Variorum* dramatique français. Nous serons à peu près les premiers qui aurons donné un ensemble aussi complet de commentaires, et nous nous efforcerons de nous acquitter de cette tâche immense, de manière à obtenir les suffrages de toutes les classes de lecteurs.

Le nombre des pièces toutes d'élite, et restées au théâtre, qui constitueront notre collection, sera au minimum de 400, et ne s'élèvera pas à 550 au maximum. Elles seront classées par ordre d'auteurs, que nous diviserons en quatre séries : savoir, celle des *auteurs du premier ordre*, celle des *auteurs d'un ordre inférieur, du siècle de Louis XIV*; celle des *auteurs du dix-huitième siècle*, et celle des *auteurs contemporains morts et vivants*. Le tout sera précédé d'un *Répertoire primitif du Théâtre français*, en trois ou quatre volumes.

Notre édition sera sur papier superfin, première qualité, d'Annonay. Un petit nombre d'exemplaires sera tiré sur grand-raisin vélin. L'impression, qui en est confiée à MM. Firmin Didot, sera exécutée en caractères neufs, avec des soins particuliers, et conforme pour le texte, les notes et la justification, au présent Prospectus. Le tout sera orné de très-jolis fleurons.

Elle sera enrichie de plus de 60 portraits magnifiques des principaux auteurs, et même des acteurs et actrices célèbres, gravés, sous la direction de M. Couché fils, par MM. Lignon, Dequevauvilliers,

Massard, Lejeune, Bertonnier, Pottrel, Migneret, Bonvoisin et Boilly, d'après les dessins de MM. Devéria, Desenne, Méhu, et Dubasty. De plus, nous y joindrons les *fac simile* des écritures, autant qu'il en existe d'autographes.

La BIBLIOTHÈQUE DRAMATIQUE formera au moins 80 *volumes*, et ne dépassera pas le nombre de ceux qui seraient nécessaires pour comprendre près de cinq cent cinquante pièces de théâtre, si elle s'étendait jusque là.

Le prix de chaque volume sera de 8 fr. 50 cent. papier superfin d'Annonay satiné, avec portrait; et de 20 fr. en papier grand-raisin vélin satiné, avec portrait avant la lettre. Passé le 25 mars 1825, ces prix seront augmentés de 1 et 2 fr. Les portraits sur papier de Chine augmenteront en outre ces mêmes prix de 3 fr., et se vendront séparément aux souscripteurs 8 francs.

La première livraison, qui sera composée de deux volumes, sera mise en vente le 25 mars 1824. La seconde livraison, qui ne sera que d'un volume, paraîtra le 25 avril, et ainsi de suite de mois en mois, de sorte qu'il sera publié trois volumes tous les deux mois dans le même ordre.

Passé le 1er janvier 1825, on ne sera pas obligé de prendre à la fois tous les volumes qui auront paru, et l'on ne sera tenu d'en payer qu'un de plus par mois au-dessus de la livraison courante.

Les premiers Souscripteurs inscrits auront les premières épreuves.

La LISTE DES SOUSCRIPTEURS sera imprimée à la fin du dernier volume.

On devra affranchir les lettres et l'argent, et ajouter 1 fr. 50 c. au prix de chaque volume pour le recevoir franc de port dans la province.

On souscrit, à Paris, sans rien payer d'avance,

CHEZ Mᵐᵉ Vᵉ DABO, LIBRAIRE-ÉDITEUR,

RUE DU POT-DE-FER SAINT-SULPICE, Nᵒ 14.

IMPRIMERIE DE FIRMIN DIDOT.

Le Mari

A BONNES FORTUNES,

ou

LA LEÇON.

PRIX DU MARI A BONNES FORTUNES : 4 fr.

IMPRIMERIE DE J. TASTU,
RUE DE VAUGIRARD, N° 36.

Le Mari

A BONNES FORTUNES,

OU

LA LEÇON.

Comédie en cinq actes et en vers,

De M. Casimir Bonjour.

REPRÉSENTÉE SUR LE PREMIER THÉATRE FRANÇAIS LE 30 SEPTEMBRE 1824
PAR LES COMÉDIENS ORDINAIRES DU ROI.

⊱✶⋘✶⊰✶⋘

Si vous chassez toujours sur les terres des autres,
Peut-être on finira par chasser sur les vôtres.
ACTE I, SCÈNE V.

⊱✶⋘✶⊰✶⋘

PARIS.

PONTHIEU, LIBRAIRE AU PALAIS-ROYAL,
GALERIES DE BOIS, N. 252 et 253.
Mme Vve DABO, RUE DU POT-DE-FER-SAINT-SULPICE, N. 14
DABO JEUNE, LIBRAIRE, RUE SAINT-ANDRÉ-DES-ARTS, N. 71.

1824

PERSONNAGES.

DERVILLE, mari d'Adèle.	MM. Michelot.
FRANVAL, consul aux États-Unis.	Saint-Aulaire.
CHARLES, cousin d'Adèle.	Firmin.
Me DERVILLE, mère de Derville.	Mmes Desmousseaux.
ADÈLE, femme de Derville.	Leverd.
Me FRANVAL.	Dupuis.
ZOÉ, femme de chambre d'Adèle, et filleule de madame Derville.	Dupont.
FRANCISQUE, valet de chambre de Derville.	M. Armand-Dailly.

(Au commencement de chaque scène, le premier personnage nommé tient la gauche du spectateur; les autres sont nommés à la suite, toujours de gauche à droite.)

La Scène est à Auteuil, chez M. Derville, pendant les trois premiers actes et le cinquième, et au bois de Boulogne pendant le quatrième.

LE MARI

A BONNES FORTUNES,

COMÉDIE EN CINQ ACTES ET EN VERS.

ACTE PREMIER.

SCÈNE PREMIÈRE.

DERVILLE seul.

Il a devant lui une table, un pupître à écrire, et plie un billet.

Oh ! vraiment, c'est trop fort, ma petite comtesse ;
Vous êtes fatigante à force de tendresse.
De vos grands sentimens je vous suis obligé ;
Mais j'aime mon repos.
Il appose son cachet.
                                    Voici votre congé.
Vous faites de l'amour un pénible esclavage :
Quel ennui, juste ciel ! c'est presque un mariage.
Il met la lettre dans sa poche et en prend une autre sur le pupître.
Relisons ce billet à la jeune lady.
Deux lettres en deux jours, c'est peut-être hardi ;
Mais brusquer, en amour, est assez ma méthode.
Puis elle habite Auteuil, et cela m'est commode :
Mur mitoyen !.... D'ailleurs, je veux savoir comment
Aux bords de la Tamise est fait le sentiment.
Moi, je fus de tout temps observateur dans l'ame.

SCÈNE II.

ADÈLE, DERVILLE.

DERVILLE *sans se retourner.*

Qui va là ?

ADÈLE *timidement.*

Moi, Monsieur.

DERVILLE *toujours assis.*

Comment ! c'est toi, ma femme ?

ADÈLE.

C'est moi-même.

DERVILLE.

Hé ! bon Dieu ! par quel heureux destin
Ai-je donc le plaisir de te voir si matin ?
Il fait à peine jour.

Il se lève pour lui baiser la main.

ADÈLE.

C'est qu'il est nécessaire
De se lever ainsi pour vous parler d'affaire.
Je ne vous vois jamais qu'une fois par hasard ;
Vous sortez si matin, et vous rentrez si tard !
C'est pour cela qu'hier, j'ai prié votre mère
De me faire éveiller plus tôt qu'à l'ordinaire.
J'ai cru par ce moyen.....

DERVILLE.

C'est bien aimable à toi,

D'être venue ainsi me surprendre chez moi,
J'en suis ravi, d'honneur!

Allant s'asseoir.

Si tu veux bien permettre,
Adèle, je joindrai quelques mots à ma lettre.

Il écrit.

J'y traite d'un objet tout-à-fait important.
Assieds-toi donc, je suis à toi dans un instant.....

Se levant et mettant la seconde lettre dans le pupître.

Tu dis donc que tu viens pour me parler d'affaire?

ADÈLE.

Oui, nous devons, Monsieur, aller chez le notaire :
Vous savez qu'il attend au moins depuis deux mois.
Si nous allions signer? déjà plus d'une fois
Je vous en ai parlé; vous différez sans cesse,
Et pourtant il s'agit d'une affaire qui presse.
Peut-être l'on pourrait nous jouer quelque tour,
Si nous tardions encor. Donnez-moi votre jour,
Je vous en prie.

DERVILLE.

Eh! mais quand tu voudras, ma chère.
Mon jour sera le tien. D'Auteuil chez mon notaire,
Nous avons tout au plus une heure de chemin.
C'est une bagatelle, allons-y ce matin.
Cela te convient-il?

ADÈLE.

Tout-à-fait, je vous jure.

DERVILLE.

En allant t'habiller, demande la voiture.

ADÈLE.

Il n'est pas tard, causons.

1*

DERVILLE.

Tu n'as pas trop de temps ;
Va faire ta toilette , et songe que j'attends.

ADÈLE.

Eh bien ! j'y vais ; adieu , Derville.

DERVILLE.

Adieu , ma bonne ,

Il lui baise la main.

Adieu , ma chère amie.

Pendant qu'elle sort.

Excellente personne !

Mais elle m'aime trop.

SCÈNE III.

FRANCISQUE, DERVILLE.

FRANCISQUE.

Ah ! Monsieur, je guettais
Le départ de Madame.

DERVILLE assis.

Et moi, je t'attendais.
Va porter ce billet à cette dame anglaise.

Il lui remet le billet qu'il a pris sur le pupitre.

FRANCISQUE.

J'ai remis le premier.

DERVILLE.

Ah ! ah ! j'en suis bien aise.

Et qu'a-t-elle dit ?

FRANCISQUE.

Rien.

DERVILLE.

Cela n'est pas flatteur.

FRANCISQUE.

Mais la suivante un peu plus franche par bonheur,
En me reconduisant m'a dit avec mystère,
Que sa maîtresse part pour les eaux de Bagnère.
Quant à milord, il reste à Paris. Entre nous,
Moi, je suis fin, je crois que c'est un rendez-vous.

DERVILLE.

Le maraud a du bon! Mais à propos, Bagnère,
Si j'ai bonne mémoire, est tout près de ma terre.
J'y dois faire un voyage avant peu ; je pourrai
L'avancer de deux mois : c'est bien, j'y penserai.

FRANCISQUE.

On m'a remis aussi cette lettre qui presse.

Il lui donne un billet.

DERVILLE se levant.

Ah! je vois, c'est encor de ma jeune comtesse :
Que m'écrit-elle ? Hon! hon! « Que monsieur son époux,

Pendant ce couplet, Francisque emporte le pupitre dans la chambre de Derville, il en rapporte son chapeau, sa cravache et ses gants, qu'il pose sur la table au moment où son maître lui adresse la parole.

» Malgré son mal de tête et ses soupçons jaloux,
» Est allé visiter sa terre de Gonesse ;
» Que voulant profiter des instans qu'il lui laisse,
» Et sachant qu'il ne doit revenir que tantôt,
» Elle attend à cheval, à la porte Maillot. »
Ma foi, j'en suis fâché, ma belle Lasthénie,
Vous arrivez trop tard, car ma lettre est finie....
Pourtant, en amazone elle est toujours si bien!...

Haut.

Francisque, va seller mon cheval et le tien ;

Francisque sort.

Allons-y ; mais voilà long-temps que cela dure ;
Aujourd'hui le plaisir et demain la rupture.

SCÈNE IV.

Mᵉ DERVILLE, DERVILLE.

Mᵉ DERVILLE.

Ah ! je puis donc enfin te parler aujourd'hui !

DERVILLE se retournant.

Que vois-je ? c'est ma mère. Oh ! les sermons ! l'ennui !

Il lui baise la main.

Mᵉ DERVILLE.

J'ai besoin d'exprimer ici ce que je pense,
Adolphe, promets-moi d'écouter en silence.

DERVILLE à part.

Qu'ai-je dit ? je sentais la morale venir.

Mᵉ DERVILLE.

D'Adèle, mon enfant, je viens t'entretenir :
A son égard, je dois te le faire connaître,
Ta conduite n'est pas ce qu'elle devrait être.

DERVILLE.

Eh ! quels sont donc mes torts, s'il vous plaît ?

Mᵉ DERVILLE.

Les voici :

Premièrement ta femme est toujours seule ici.
Elle y mène une vie et monotone et triste ;
Quant à toi, tu parais oublier qu'elle existe.
Pourquoi t'occupes-tu si peu d'elle ? pourquoi
Ne la conduis-tu pas dans le monde avec toi ?
N'est-il pas naturel.... ?

DERVILLE.

C'est que vraiment, ma mère,
Je n'en ai pas le temps.

Me DERVILLE.

Mais tu n'as rien à faire.

Tu devrais, mon ami, la présenter partout;
Tu devrais recevoir chez toi; mais pas du tout :
Tu vas seul dans les bals, tu vas seul au spectacle.

DERVILLE.

Mais qu'elle sorte aussi, je n'y mets point d'obstacle.

Me DERVILLE.

Parles-tu là, mon fils, bien sérieusement ?
Tu ne l'ignores pas plus que moi sûrement,
Pour qu'elle sorte, il faut que quelqu'un l'accompagne;
Et depuis quatre mois qu'elle est à la campagne,
A-t-elle pu sortir ? c'est de même à Paris;
Tu fais précisément comme tant de maris.
Prends-y garde, ta femme est honnête, bien née,
Mais à ne voir personne est-elle condamnée?
Moi, je puis te le dire avec conviction,
La plus sage a besoin d'une distraction.
Tout mari, que le cœur ou la raison dirige,
Se charge de ce soin; mais quand il le néglige,
J'ai toujours observé qu'elle ne tarde pas
A rencontrer quelqu'un.... qui lui donne le bras.
Adèle a des attraits, un esprit agréable,
Elle pourrait trouver plus d'un jeune homme aimable,
Qui l'accompagnerait; mais, mon fils, songe bien
Que, dans ce siècle ci, l'on ne fait rien pour rien....
Autre grief encore :

Derville fait un geste d'impatience.

Après le mariage,

J'ai remarqué qu'il est des hommes, dont la rage
Est de nous raconter leurs exploits amoureux,

Leurs fredaines enfin ; eh bien ! tu fais comme eux.
Adolphe, à tout propos tu lui cites les tiennes ;
C'est un grand tort !

DERVILLE.

Qui, moi ? je parle... des anciennes.

Me DERVILLE.

Qu'importe ! son amour en doit être blessé ;
Un cœur tendre, mon fils, est jaloux du passé.
La froideur, qu'à présent tu montres pour ta femme,
Je te l'ai déjà dit, me blesse au fond de l'âme.
Tiens, mon ami, ton père en usait beaucoup mieux.
Il faisait ce qu'ont fait autrefois nos aïeux :
Son cœur était à moi, ma chambre était la sienne,
Et c'est le bon parti, mon fils, qu'il t'en souvienne.
Oui, s'il faut là-dessus m'exprimer franchement,
Ta conduite, vois-tu, ne me plaît nullement.

DERVILLE.

Vous êtes dans l'erreur, j'aime beaucoup Adèle,
En toute occasion j'ai mille égards pour elle.

Me DERVILLE.

Des égards ! en effet, quand tu sors le matin,
On te voit fort exact à lui baiser la main.
Quand tu rentres le soir, personne ne l'ignore,
Tu viens exactement la lui baiser encore.
Voilà de petits soins bien délicats, bien doux !
Quoi qu'il en soit, je suis mécontente de vous,
Mon fils ; il est un tort qu'aucune politesse
Ne peut faire oublier, vous la trompez sans cesse.

DERVILLE.

Qui, moi ?

Me DERVILLE.

J'en ai la preuve, et votre femme aussi.

DERVILLE.

Quoi ! près d'elle à ce point quelqu'un m'aurait noirci !

Mᵉ DERVILLE.

Personne ; mais écoute.

DERVILLE.

Eh bien ! parlez , Madame.

Mᵉ DERVILLE.

Un homme a beau cacher sa conduite , sa femme
S'aperçoit aisément qu'il a d'autres amours;

Mystérieusement.

Tiens, sans qu'on le lui dise , elle le sait toujours.
Et cela peut mener plus loin que l'on ne pense :
Comme on l'a fort bien dit autrefois , la vengeance
Est un plaisir de Dieux ou de femme ; mon fils ,
De ta mère en passant accepte cet avis.
Ton père se loua toujours de ma conduite ;
C'est un devoir sans doute , et non pas un mérite.
Mais j'avais du plaisir à le remplir; pourquoi ?
C'est qu'il avait beaucoup de procédés pour moi ;
Mais beaucoup..... Il est temps de finir ; je m'arrête,
Car, tu n'écoutes pas , tu détournes la tête ,
Tu brûles de partir ; sans doute je t'ai pris
Des momens précieux ?

DERVILLE.

Oui , je vais à Paris.

Mᵉ DERVILLE.

Y mènes-tu ta femme ?

DERVILLE.

Impossible , ma mère.

Mᵉ DERVILLE.

Mon fils.....

DERVILLE.

J'ai, voyez-vous, mille choses à faire.
Je dois voir Teligny, Soulange et cœtera ;
Mais Charles va descendre, il l'accompagnera.

Mᵉ DERVILLE.

Faut-il que je te parle ici du fond de l'âme ?
Ton cousin ne doit pas accompagner ta femme.
Ils sont toujours ensemble ; et je te dirai, moi,
Que cela me paraît très-imprudent.

DERVILLE.

Pourquoi ?

Mᵉ DERVILLE.

J'ai mes raisons.

DERVILLE.

Comment ? Quelle idée est la vôtre !
J'aime bien mieux le voir auprès d'elle qu'un autre ;
Il n'est pas dangereux !

Mᵉ DERVILLE.

Tout ce que tu voudras ;
Mais à ta place, moi, je ne m'y firais pas.
Charle est garçon, mon fils, un jeune homme s'enflamme ;
S'il allait devenir amoureux de ta femme ?

DERVILLE.

Charle amoureux ! ! ! Je suis tranquille sur ce point ;
Vous le calomniez !.... Oh ! je ne le crains point ;
Avec sévérité.
Car autrement..... Mais peste ! il n'est pas si frivole !

Élève distingué d'une célèbre école,
Charle est ingénieur, et s'occupe par goût
Des soins de son état ; géomètre avant tout,
Savez-vous ce qu'il voit dans les traits les plus dignes
D'inspirer de l'amour ? des angles et des lignes.
On est sûr, quand il tient un volume à la main,
Que ce volume est grec ou tout au moins latin.
Car c'est, vous le savez, l'antiquité qu'il aime.
Il vit avec les morts, c'est son bonheur suprème !
Des vivantes d'ailleurs il ne s'occupe pas,
Et préfère un vieux livre à de jeunes appas.
Mais pour être en repos, j'ai cent motifs encore.....

Mᵉ DERVILLE.

Quels sont-ils ?

DERVILLE.

Bah ! je sais que ma femme m'adore.

Mᵉ DERVILLE.

Oui, je ne puis douter de son amour pour toi ;
Mais cependant veux-tu t'en rapporter à moi ?
J'ai soixante ans, mon fils, et de l'expérience ;
Crois-moi, tâche d'avoir un peu plus de prudence.
Imite la conduite, et franche, et sans détours
De quelqu'un que tu vois à peu près tous les jours.
C'est un modèle à suivre.

DERVILLE.

Et ce quelqu'un se nomme ?...

Mᵉ DERVILLE.

Franval.

DERVILLE.

Comment ! Franval ?

Me DERVILLE.

Sans doute.

DERVILLE.

Le pauvre homme !

Ah ! comme je le plains ! je prévois que bientôt
Son sort.....

Me DERVILLE.

Eh bien ! son sort ?.....

DERVILLE avec emphase.

Il est écrit là haut !

Me DERVILLE.

Bon Dieu ! que voilà bien une sotte épigramme !
Où vois-tu donc cela ?

DERVILLE.

Dans les yeux de la dame.
Oh ! c'est une friponne !

Me DERVILLE.

Oui , madame Franval
Est rieuse à l'excès ; mais où donc est le mal ?
Ce caractère-là me plaît dans une femme.
La gaîté, mon ami, naît de la paix de l'ame ;
A la vertu jamais elle ne nuit en rien ;
Elle en est la compagne et souvent le gardien.

SCÈNE V.

Mᵉ DERVILLE, M. et Mᵉ FRANVAL, DERVILLE.

Mᵉ DERVILLE à madame Franval.

Eh ! nous parlions de vous justement, ma petite.

FRANVAL.

Nous venons, en voisins, vous faire une visite.

DERVILLE.

A cette heure, grand Dieu ! par quel heureux hasard ?

A madame Franval.

Vous, Madame, surtout qui vous levez si tard !
Mais pour votre santé je ne suis pas tranquille.

Mᵉ FRANVAL.

Mauvais plaisant !... Sachez, mon cher monsieur Derville,
Qu'à Passy, je me lève aussitôt qu'il fait jour.

FRANVAL.

Dans le bois de Boulogne elle aime à faire un tour.
Au surplus, nous allons vous dire une nouvelle,
Dont ma femme déjà vient d'informer Adèle.
J'obtiens le consulat que l'on m'avait promis,
Et je pars avant peu pour les États-Unis.

DERVILLE.

Pour les États-Unis ! Mais c'est une disgrâce.

FRANVAL.

Non, je l'ai demandé.

DERVILLE.

Monsieur, grand bien vous fasse !
J'espère que Madame au moins reste avec nous.

Me FRANVAL.

Au contraire, je pars.

DERVILLE à Franval.

Monsieur, y pensez-vous ?

FRANVAL.

Pauline l'a voulu.

DERVILLE à madame Franval.

Quitter votre patrie !
Soyez de bonne foi, cela vous contrarie.

Me FRANVAL vivement.

Non : ce parti n'a rien qui ne me semble doux ;
Ma patrie est partout où je vois mon époux.

DERVILLE à Franval.

Contre ce procédé souffrez que je proteste.
Franchement, en cela comme dans tout le reste,
Votre conduite semble annoncer un jaloux.

FRANVAL.

Qui ? moi ?

DERVILLE.

Tous ces égards qu'elle reçoit de vous,
Cette adoration assidue, éternelle,
Ce sont des fers dorés que vous jetez sur elle.
Je ne veux pas, Monsieur, m'expliquer à demi,
Et vais vous dire ici ma pensée en ami :
Il est fort dangereux d'obséder une femme,
Oh ! oui, fort dangereux !

A madame Franval.

N'est-il pas vrai, Madame ?

A Franval.

Eh ! bien ! c'est là l'effet de tous vos petits soins ;
Quand on se voit beaucoup, on s'aime beaucoup moins.

Me FRANVAL.

Principe faux, très-faux ! Je déclare au contraire,
Qu'en fait de petits soins, pour nous on peut tout faire ;
Et que Monsieur vînt-il m'encenser à genoux,
Il ne parviendrait pas à me mettre en courroux.

FRANVAL.

Moi, je tiens qu'un mari doit avoir pour sa femme
Tous les bons procédés que lui-même réclame ;
Que leurs droits sont pareils ; et qu'enfin entre époux,
L'égalité parfaite est le premier de tous.
J'ajoute que, si même un sexe doit à l'autre,
Quelques égards de plus, c'est à coup sûr le nôtre.
Car, il faut l'avouer, nous avons de grands torts,
A faire pardonner ; nous sommes les plus forts.

Derville rit.

De mes discours il est bien facile de rire ;
Mais un principe sûr, je persiste à le dire,
Principe qu'il serait dangereux d'oublier,
C'est qu'un homme à sa femme appartient tout entier.

Me FRANVAL très-vivement.

Très-bien pensé, cela ! Vous parlez comme un ange,

A Derville.

Quant à vous, vous tenez un discours bien étrange.
Écoutez : votre femme est d'un esprit fort doux,
Elle n'a pas de fiel ; c'est très-heureux pour vous !
A sa place, Monsieur, il en est beaucoup d'autres,
Qui pourraient se venger de torts tels que les vôtres.

DERVILLE.

Non, non, Madame, non ; il n'en est pas ainsi,

Et je connais beaucoup les femmes, Dieu merci.
Pour leur plaire je sais les plus secrètes routes.
J'ai toujours remarqué qu'elles consultent toutes,
Avant de nous juger et de donner leur cœur,
L'opinion d'autrui beaucoup plus que la leur.
J'en conclus qu'un mari, qui veut plaire à sa femme,
Doit mettre aux pieds d'une autre, et ses vœux et sa flamme;
A chaque pas qu'il fait sur le terrain d'autrui,
Elle sent redoubler sa tendresse pour lui.
C'est par ce moyen là que j'attache la mienne;
Aussi je suis aimé!.... Vous comprenez sans peine,
Quand je parle d'aller faire ma cour ailleurs,
Que c'est honnêtement, et sans blesser les mœurs.
Avant tout, le respect pour la foi conjugale !!...
Si jadis j'oubliai parfois cette morale,
Ma femme n'en sut rien; et d'ailleurs, c'est un tort,
Madame, qui m'apprit à l'aimer plus encor.
Ah! ne me parlez pas de ces époux timides,
De la fidélité partisans insipides,
D'une froide moitié bien froidement épris;
N'ayant vu qu'un objet, leur hommage est sans prix.
Observateur par goût jusques auprès des belles,
J'aimais à comparer votre amie avec elles.
Mais rien ne l'égalait, j'en conviens sans détours.
Quand j'étais à leurs pieds, je me disais toujours :
Ce n'est pas là son cœur, ce n'est pas là son ame;
Plus j'étais infidèle, et plus j'aimais ma femme.

Me FRANVAL.

Mais vous nous tenez là des propos odieux !

DERVILLE bas.

Non, c'est que je plaisante.

Mᵉ FRANVAL.

Ah ! Monsieur, c'est affreux.
Si vous chassez toujours sur les terres des autres,
Peut-être on finira par chasser sur les vôtres.

DERVILLE.

De tact, d'expérience on n'est pas dépourvu,
Et.....

Mᵉ FRANVAL malicieusement.

Pas tant de fierté; mille fois je l'ai vu,
Quand la fatuité vient lui tourner la tête,
Le mari le plus fin est toujours le plus bête.

Mᵉ DERVILLE.

Mon fils, je vous écoute, et c'est avec humeur.
Oui, mon étonnement égale ma douleur :
Je ne veux pas laisser tant d'horreurs sans réplique;
Et je.....

DERVILLE l'interrompant.

Trois contre moi ! C'est trop fort : ma logique
Et surtout mes poumons ne peuvent pas lutter.
Je suis battu cent fois et je vais vous quitter.

Mᵉ FRANVAL.

Mais nous sortons aussi.

DERVILLE.

Pourquoi, belle voisine ?

FRANVAL.

C'est qu'à Passy je vais reconduire Pauline,
Et de-là je me rends chez notre ambassadeur.

DERVILLE.

Francisque , mon cheval ?

FRANCISQUE de la coulisse.

Il est sellé , Monsieur.

SCÈNE VI.

Mᵉ DERVILLE , ADÈLE , DERVILLE ,
M. et Mᵉ FRANVAL.

ADÈLE en toilette, à son mari.

Eh bien ! quand vous voudrez , nous partirons.

DERVILLE étonné, allant à sa femme.

Ma chère,

Où veux-tu donc aller !

ADÈLE.

Eh ! mais, chez le notaire.

DERVILLE.

Ah ! bon dieu ! qu'ai-je fait ! tiens , en te promettant ,
Adèle , j'oubliais qu'un objet important
Me demandait ailleurs ; mais..... demain je t'emmène ;
Et tu peux y compter.

ADÈLE à part.

J'en étais bien certaine.

DERVILLE à madame Franval, en lui offrant la main.

Madame , permettez.....

2*

Mᵉ FRANVAL à Adèle.

Mon amie, à ce soir.

FRANVAL à part.

Pauvre femme ! combien je souffre de la voir !

Tout le monde sort excepté Adèle.

SCÈNE VII.

ADÈLE seule.

Regardant ses habits.

Ainsi, j'en suis encor pour mes frais de toilette !
Il part, et va chercher quelque nouvelle fête ;
Je reste seule ici, seule avec mon ennui !
Mon sort sera demain le même qu'aujourd'hui.
Hélas ! qui me l'eût dit ? lui que j'ai vu si tendre,
Lui, dont le cœur aimant savait si bien m'entendre,
Qui mettait son bonheur à s'occuper du mien ;
Deux ans ont tout détruit, il n'en reste plus rien.....
Tous les jours, il paraît s'éloigner davantage ;
Auprès de moi, l'ennui se peint sur son visage.
Ah ! j'éprouve le sort le plus affreux de tous,
Je n'ai plus, je le vois, le cœur de mon époux.

Elle s'assied.

Que j'envie à présent le destin de Pauline !.....

SCÈNE VIII.

ADÈLE, CHARLES.

CHARLES à part et dans le fond.

Eh ! la voilà !

haut.

Bonjour, ma charmante cousine ;
Empressé de vous voir.....

ADÈLE tristement.

Ah ! bonjour, mon ami ;
Bonjour.

CHARLES.

Chère cousine, avez-vous bien dormi ?

ADÈLE.

Bien.

à part.

Cachons-lui les pleurs qui baignent mon visage.

CHARLES.

Qu'avez-vous ? Vos beaux yeux sont couverts d'un nuage.

ADÈLE.

Je n'ai rien.

CHARLES.

Votre front me semble moins serein !
Adèle, auriez-vous donc quelque secret chagrin ?

ADÈLE.

Non, je n'ai rien, vous dis-je.

CHARLES à part.

Ah ! c'est encor Derville.

Haut.

Vous devez donc aller ce matin à la ville ?

ADÈLE.

Qui, moi ?

CHARLES.

Votre toilette annonce ce dessein.

ADÈLE avec embarras.

Oui..... Mais j'ai réfléchi, je n'irai que demain.

CHARLES vivement.

Ah ! tu restes, tant mieux ! car l'ennui me dévore,
Quand je ne te vois pas.

ADÈLE.

Des tutoîmens encore !
Charles, si vous voulez que nous restions amis,
Vous quitterez ce ton, vous me l'aviez promis.

CHARLES.

Par quel motif en être ainsi contrariée ?

ADÈLE.

Vous oubliez toujours que je suis mariée.

CHARLES.

Qu'importe ? l'an passé, quand je vous tutoyais,
Derville était bien loin de le trouver mauvais.
Pensez-vous qu'à présent il ait plus d'exigeance ?

ADÈLE.

Mon cousin, il s'agit ici de convenance,
Et non pas de Derville.

CHARLES.

           Alors , n'en parlons plus ;
J'adopte , il le faut bien , votre avis là-dessus.
Mais mon erreur , je pense , était bien naturelle.
J'ai passé mon enfance auprès de vous , Adèle ;
Puis les ordres d'un père et de plus graves soins
M'ont séparé de vous pendant six ans au moins ;
Et voilà que le sort aujourd'hui me ramène
Au séjour qu'habita votre mère et la mienne.
J'y trouve , à chaque pas , des souvenirs touchans ;
Chaque arbre me rappelle à mes premiers penchans ;
Quand je vous vois aux lieux où nous prîmes naissance ,
Je crois recommencer les jours de notre enfance.

ADÈLE.

Charles , ces temps heureux et si vite passés ,
Croyez-le , de mon cœur ne sont point effacés.
Oui , de ce souvenir je m'occupe sans cesse :
Hier , j'y pensais encor. Dans une douce ivresse ,
Je me voyais jouer, folâtrer avec vous.
Puis , passant à des jours plus rapprochés de nous ,
Je songeais aux plaisirs que nous goûtons ensemble
Depuis près de deux mois que ce lieu nous rassemble.
Une chose venait les empoisonner tous ;
Vous allez avant peu vous séparer de nous.
Pour vous fixer ici, pour y vivre en famille ,
Combien je regrettais de n'avoir pas de fille !

CHARLES.

Je ne vous comprends pas.

ADÈLE.

           Il m'eût été si doux
De vous voir quelque jour devenir son époux!

CHARLES.

Y pensez-vous? je suis à peu près de votre âge.

ADÈLE.

Que j'aurais désiré faire ce mariage!
Charles, je vous connais, on remarquait en vous,
Dès vos plus jeunes ans, des goûts simples et doux,
Un caractère aimant, de l'égalité d'ame!.....

Le regardant tendrement.

Je crois que vous feriez le bonheur d'une femme!
N'estimant, ne cherchant que les plaisirs du cœur,
Vous vous renfermeriez dans votre intérieur;
Oui, j'en suis sûre, vous, vous sauriez vous y plaire.
Fuyant d'un monde vain la pompe mensongère,
Et de vivre isolés, nous faisant une loi,
Que nous serions heureux, ma fille, vous et moi!
Devant tout à mes soins, et rien à ceux des autres,
Elle aurait pris mes goûts, par conséquent les vôtres.
Nos courses du matin, nos lectures du soir,
L'agrément d'être seuls, de causer, de nous voir,
Et celui de pouvoir, dans notre solitude,
Nous livrer, de concert, aux beaux arts, à l'étude;
Tous les plaisirs enfin, que, depuis quelques jours,
Nous venons de goûter, nous les aurions toujours!
N'occupant désormais qu'une seule demeure,
Celle-ci, nous pourrions être ensemble à toute heure.
Nous n'irions à Paris que pendant les grands froids,
C'est assez; nous aimons la campagne tous trois!
Charles, qu'en pensez-vous? quelle douce existence!
N'êtes-vous pas ravi? Moi, j'en jouis d'avance.

CHARLES froidement.

Si vous me permettez de vous dire mon goût,
Ce mariage-là ne me plaît pas du tout.

ADÈLE.

Que dites-vous ?

CHARLES.

D'ailleurs, vous n'avez pas de fille ;
Et si le ciel un jour augmentait la famille,
Nous verrions..... Au surplus, je le dis franchement,
Ce ne serait pas là, Madame, mon roman.

SCÈNE IX.

ADÈLE, Mᵉ DERVILLE, CHARLES, FRANCISQUE,
ZOÉ.

Mᵉ DERVILLE à Francisque dans le fond.

Que veux-tu donc lui dire ?

ZOÉ.

Oui, quel est ce problème ?

FRANCISQUE.

Madame, je ne puis l'apprendre qu'à lui-même.

Mᵉ DERVILLE apercevant Charles.

Justement le voici.

FRANCISQUE à Charles, qu'il mène à l'écart.

Mon maitre vous attend ;
Veuillez me suivre, il faut qu'il se batte à l'instant.

CHARLES à part.

Un duel !

FRANCISQUE toujours bas à Charles.

Ce n'est pas sa faute, sur mon ame ;
Il trouve le mari, quand il cherchait la femme.

Ce monsieur est très-vif, il s'est fort emporté ;
Comme vous pensez bien, mon maître a riposté.
Le lieu se trouvant propre à vider une affaire,
Ils vont se mesurer.

Me DERVILLE bas à Adèle.

Quel est donc ce mystère ?

CHARLES bas.

O ciel !

FRANCISQUE.

Monsieur Franval est son premier témoin ;
Quant à l'autre, c'est vous qu'il charge de ce soin.

CHARLES bas.

Deux duels en six mois, toujours pour une femme.

FRANCISQUE bas à Charles.

Partons.

Me DERVILLE haut à Charles.

Mais, mon ami, nous direz-vous..... ?

CHARLES.

Madame,
L'affaire est de.... très-peu.... d'importance....

Me DERVILLE a part.

Il rougit !

ADÈLE.

Enfin, apprenez-nous ce que c'est ?

CHARLES.

Il s'agit......
De mon avancement dans les Ponts-et-Chaussées.....
C'est, vous le savez bien, une de ses pensées.....

Il connaît un parent du ministre..... Un neveu,
Et va me présenter. Je cours le joindre, adieu.

Il sort.

FRANCISQUE à Zoé, en s'en allant.

Bonjour, ma fiancée.

ZOÉ.

Oh ! c'est une autre affaire.

FRANCISQUE s'arrêtant.

Comment ?

ZOÉ vivement.

Ce que je vois ne m'encourage guère.
Ne compte plus sur moi, je le dis franchement.

Il sort.

SCÈNE X.

ADÈLE, M° DERVILLE, ZOÉ.

ADÈLE haut.

J'avais mis ces habits pour sortir seulement ;
Permettez, maintenant que ma visite est faite,
Que je rentre chez moi, pour changer de toilette,
Venez, Zoé.

Elle sort, Zoé la suit.

SCÈNE XI.

M° DERVILLE seule.

Malgré son extrême douceur,
Je vois qu'à ses discours se mêle un peu d'aigreur....
J'aperçois une femme à la fleur de son âge,

Dont le cœur est aimant et le mari volage ;
Auprès d'elle un jeune homme, assidu, plein de feux,
Croyant n'être qu'ami, mais peut-être amoureux.
De l'abandon, je crains qu'elle ne se console ;
L'amour est presque éteint, et l'estime s'envole.
Essayons de prévoir ce qui va se passer.
Ma belle-fille, au moins j'ai lieu de le penser,
N'eut jamais dans le cœur de sentimens coupables,
Et ses intentions sont toutes estimables ;
Et d'un autre côté, son cousin, Dieu merci,
A des intentions..... estimables aussi.
Quels seront cependant les résultats probables
De tant d'intentions, qui ne sont qu'estimables ?
Le plus sûr est, je crois, de ne pas s'y fier.
Comme femme, à coup sûr, je ne puis le nier,
Oui, Derville mérite un châtiment sévère ;
Mais je veux, et je dois l'empêcher comme mère.
Observons tout ici. Mon devoir aujourd'hui
Est de blâmer mon fils, et de veiller pour lui.

ACTE DEUXIÈME.

SCÈNE PREMIÈRE.

FRANVAL, DERVILLE, CHARLES.

FRANVAL.

Ainsi tout est fini ; ma foi, mon cher Derville,
On n'est pas plus heureux et surtout plus habile.
Veuillez en recevoir ici mon compliment ;
Vous vous êtes tiré d'affaire adroitement.

CHARLES à Derville.

Tu dois remercier aussi ton adversaire.
Cet homme était bouillant et pâle de colère ;
Je voyais tout son corps frémir et s'agiter ;
Sa main tremblait, son œil pouvait-il ajuster ?

DERVILLE.

Dis-moi, Charles, crois-tu que ma femme devine
Pour quel motif.....?

CHARLES.

                        J'étais auprès de ma cousine,
Quand je fus informé de ce qui se passait ;
Mais elle n'a rien su de ce qu'on m'annonçait.
Pour la quitter, j'ai pris la première défaite ;
Enfin, je ne crois pas qu'elle soit inquiète.
Non, j'ai su lui donner le change.

DERVILLE.

Allons, tant mieux !

FRANVAL.

Derville, vous avez été bien généreux.

DERVILLE.

Je n'ai fait qu'obéir à la délicatesse.

FRANVAL.

Pas du tout, vous avez montré de la noblesse.
Vous auriez pu tirer, et quand on est adroit.....

DERVILLE.

A de tels complimens, Monsieur, je n'ai pas droit,
Et vraiment, ma conduite est toute naturelle.
Vous ne connaissez pas l'objet de la querelle?
Cet homme est si jaloux qu'il en est fou, je croi.
Il prétend que sa femme a des bontés pour moi,
Il dit même partout qu'il est sûr de la chose ;
O le drôle de corps ! enfin, il me propose
Un duel que j'accepte ; il fait feu le premier,
Manque, et je tire en l'air. Doit-on se récrier?
Cette admiration est très-mal entendue ;
Pour l'avoir offensé, faut-il que je le tue?

CHARLES.

C'est fort bien raisonner. Mais.....

DERVILLE.

Pourtant, selon moi,
Il eut un bien grand tort.

FRANVAL.

Et quel est-il?

DERVILLE.

Pourquoi
M'avoir mis en rapport avec sa jeune épouse?

FRANVAL.

Vous aimez donc les gens d'humeur sombre et jalouse?

DERVILLE frappant sur l'épaule de Charles.

Ces maris-là devraient nous connaître, et savoir
Qu'une femme ne peut impunément nous voir.

FRANVAL à part.

Le fat!

Haut.

Mais j'ai perdu toute la matinée;
Je veux mettre à profit la fin de la journée,
Et réparer le temps que ce duel m'a pris.
Serviteur! je vous quitte, et je vais à Paris.

DERVILLE le rappelant.

Ah! Franval, à propos, j'oubliais de vous dire.....

FRANVAL s'arrêtant.

Et quoi donc?

DERVILLE.

C'est un fait dont je veux vous instruire.
Serez-vous de retour chez vous avant ce soir?

FRANVAL.

Dans quatre heures au plus.

DERVILLE.

En ce cas, au revoir;
J'irai vous retrouver.

SCÈNE II.

DERVILLE, CHARLES.

CHARLES.

Puisque Franval nous quitte,
Et que nous sommes seuls, il faut que j'en profite
Pour te parler sans feinte, et pour t'ouvrir mon cœur.

DERVILLE déclamant.

Ce début nous promet; poursuivez, orateur.

CHARLES.

Ta femme, mon ami, mérite qu'on l'adore,
Et c'est avec chagrin que je te vois.....

DERVILLE l'interrompant.

Encore.

Ces gens se sont donné le mot assurément,
Et je ne conçois pas un tel acharnement.
Quoi! pour être l'époux d'une femme qui m'aime,
Faut-il donc qu'à jamais je renonce à moi-même?
Dois-je éteindre ma vie? et pour être moral,
En faire un tête-à-tête éternel..... conjugal!!!

CHARLES.

Ce n'est pas là, mon cher, ce que j'ai voulu dire,
Et tu me comprends mal, sans doute, ou tu veux rire.
Pour plus d'une raison, j'ai, du moins je le croi,
Le droit d'intervenir entre ta femme et toi :
Dès long-temps je te porte une amitié sincère,
Et je suis son parent, j'allais dire son frère.
Au nom du sentiment, qui nous unit tous trois,
Ecoute la raison pour la première fois.

DERVILLE riant.

Pour la première fois?

CHARLES.

Des torts de ta conduite
Adèle sûrement n'est pas encore instruite;
Mais d'un moment à l'autre, elle peut tout savoir.
Par exemple, aujourd'hui, songe à son désespoir,
Songe à l'état affreux d'une épouse qui t'aime,
Si cet homme eût été plus maître de lui-même,
S'il t'avait, sous mes yeux, atteint mortellement,
Si je t'avais ici ramené tout sanglant!!.....
C'est dans ton intérêt, dans celui de ta femme
Que j'ose te parler; je m'adresse à ton âme.
Ah! peut-on affliger un être aussi charmant!
Peut-on la délaisser? tiens, oublie un moment
Et le nom qu'elle porte, et le nœud qui vous lie;
Et tu verras en elle une femme accomplie,
Qui possède les dons de l'esprit et du cœur,
Un ange de bonté, de vertus, de douceur,
Tout ce qu'elle est, enfin! Voit-on rien sur la terre
Qui puisse l'égaler?

DERVILLE.

Qui te dit le contraire?.....
Personne assurément ne l'aime autant que moi,
Et s'il faut la louer, j'irai plus loin que toi.

Avec mystère.

Mais ma femme, mon cher, ne t'est pas bien connue....

CHARLES vivement.

Quel défaut peux-tu donc lui reprocher?

DERVILLE à l'oreille de Charles.

.... Statue.

CHARLES.

J'ai fort peu vu le monde; eh bien! mon cher, je crois
Que ce que tu me dis, on me l'a dit cent fois.
Des maris inconstans c'est l'excuse banale;
Tiens, change de conduite, et surtout de morale.

DERVILLE.

Quand tu te mariras, tu feras comme moi.
Garçon, je l'avoûrai, je pensais comme toi;
Avant d'avoir promis une flamme éternelle,
Je ne concevais pas qu'on pût être infidèle.
La constance, vois-tu, dans l'application
Personne ne s'en sert; c'est une abstraction!
Ce principe vanté de n'aimer que sa femme
Est bon pour les gens froids; mais moi, j'ai de la flamme.
A propos, dis-moi donc, et madame Franval,
Comment la trouves-tu?

CHARLES.

        Mais elle n'est pas mal;
Elle a de jolis yeux, elle est jeune, elle est belle.

DERVILLE.

Voilà précisément ce que je pense d'elle;
Aussi, vraiment je suis piqué de son départ.

CHARLES.

Que dis-tu, malheureux? voudrais-tu par hasard.....

DERVILLE.

Ce Franval est un homme à préjugés antiques;
En mariage il a des maximes gothiques,
Qu'il prêche à tout propos, et que je blâme fort.
Il m'a piqué; je veux le mettre dans son tort.

Oui, je trouve fort gai d'agir pendant qu'il cause,
Et d'être, en m'amusant, le vengeur de ma cause.

CHARLES.

Outrager l'amitié, Derville, y penses-tu?

DERVILLE.

Non, mon cher, je prétends respecter sa vertu :
Je ne veux que lui plaire; oh! je fuis le scandale;
Je ferai seulement sa conquête..... morale.
Mais, Charles, je te quitte; il faut que j'aille voir
Le voisin de Passy; bonjour donc, à ce soir.

CHARLES l'arrêtant.

Franval n'y sera pas, tu ferais mieux d'attendre.

DERVILLE.

Moi?

CHARLES.

Tu veux lui parler, du moins j'ai cru l'entendre.

DERVILLE.

Non vraiment, je n'ai rien à lui dire aujourd'hui.

CHARLES.

Mais tu lui demandas quand il serait chez lui.

DERVILLE levant les épaules.

Pauvre innocent! reçois un avis de ton maître!
Si je prie un mari de me faire connaître
Quand il sera chez lui, mon dessein, en ce cas,
Est toujours de savoir..... quand il n'y sera pas.

Il sort.

SCÈNE III.

CHARLES seul.

Ah ! sa fatuité me paraît sans remède ;
Il ne sait pas le prix du trésor qu'il possède !
Pauvre cousine ! Hélas ! elle méritait bien
De trouver un mari moins léger que le sien.
Par bonheur, elle est loin de soupçonner encore
Des infidélités que personne n'ignore.

Il regarde une miniature enfermée dans une boîte à double-fond.

SCÈNE IV.

CHARLES, ADÈLE ET ZOÉ dans le fond du théâtre.

ADÈLE à Zoé.

Zoé, n'avance pas.

A part.

Que tient-il à la main ?

Approchons-nous.

Se retournant vers sa suivante.

Tais-toi.

CHARLES à part.

Quel regard doux et fin !
Que ces traits-là sont bien le miroir de son âme !
Quelle aimable candeur !

ADÈLE à part en se penchant.

C'est un portrait de femme ;
Je veux savoir.....

CHARLES haut et d'un air embarrassé.

Comment ! Adèle, vous voilà !
Je ne me doutais point.....

Il met la boite dans sa poche.

ADÈLE.

Que cachez-vous donc là ?

CHARLES souriant.

Moi !...rien.

ADÈLE.

C'est un portrait?

CHARLES.

Non...

ADÈLE.

Charles, j'en suis sûre.

CHARLES.

Non, vous dis-je.

ADÈLE.

Ah ! je vois que cette miniature
Représente l'objet dont les divins appas.....
Il faut me la montrer.

CHARLES souriant encore.

Cela ne se peut pas.

ADÈLE.

Cela ne se peut pas!..... mon cher cousin veut rire?

CHARLES.

Non... je dois... j'ai promis...

ADÈLE.

Oh ! vous avez beau dire,
Je verrai ce portrait, j'y tiens par-dessus tout.

CHARLES.

Non pas.

ADÈLE.

Je veux savoir si vous avez bon goût.
Donnez....

CHARLES souriant toujours.

Non.

ADÈLE badinant.

Comment , non! quelle idée est la vôtre?
Depuis quand avons-nous des secrets l'un pour l'autre?
Donnez... vous dis-je!

CHARLES.

Mais tenez,.. c'est qu'entre nous...

ADÈLE.

Vous refusez! eh bien ! je l'aurai malgré vous.

CHARLES d'un ton solennel.

Ma cousine , écoutez : j'ai toujours su me taire !
Je le saurai toujours; et si , dans cette affaire ,
Je pouvais me résoudre à n'être pas discret ,
Vous seriez la dernière à savoir mon secret.

Il sort.

ZOÉ à part.

Eh bien! moi! ce mystère et me pique et me fâche !
Je sens que je suis femme, il faut que je le sache.

Elle sort aussi.

SCÈNE V.

ADÈLE seule.

Comment! Charle aimerait ! qui l'aurait deviné?
Eh! mon Dieu! quel est donc cet objet fortuné?

Ce doit être Hermance!..... Oui, la famille d'Hermance
Veut, je l'ai remarqué, faire cette alliance.
Lorsque nous y dînons, on l'invite avec nous ;
On le place auprès d'elle ; on lui fait les yeux doux.
Elle a beau chanter faux ; aussitôt qu'il arrive,
Ordre de soupirer la romance plaintive !
Pour la petite, elle est tout-à-fait sans détour,
Et ne cherche pas même à cacher son amour.
Sur mon cousin sa vue est toujours attachée.....
Eh bien ! s'il l'épousait, j'en serais très-fâchée.
Quoique je n'aime pas à penser mal d'autrui,
Je dois dire qu'Hermance est peu digne de lui.
C'est sans prévention, à coup sûr, que j'en parle ;
Mais il a des talens, des vertus, ce bon Charle,
Qui ne peuvent manquer de le faire chérir ;

Avec dépit.

Hermance a cent défauts, je ne puis la souffrir.

SCÈNE VI.

ADÈLE, ZOÉ.

Zoé entrant brusquement.

Je la tiens ! je la tiens !

ADÈLE.

Quoi donc ?

ZOÉ.

La miniature

Que monsieur Charle avait !

ADÈLE.

O Dieu !

ZOÉ.

J'étais bien sûre

De me la procurer. Quand il sortait d'ici,
La curiosité m'a fait sortir aussi.
C'est chez lui qu'il allait ; j'ai pu voir dans sa glace
Qu'il prenait son fusil et sa veste de chasse.
J'attendais dans un coin. Il est bientôt dehors,
Dans son appartement je suis entrée alors ;
J'ai cherché son habit, où j'étais bien certaine
De trouver le portrait, et, sans reprendre haleine,
Je l'apporte.

ADÈLE.

Comment ! vous avez fait cela !

ZOÉ.

Madame.....

ADÈLE.

Entrer chez lui quand il n'était pas là,
Dérober un portrait ; ah! c'est épouvantable !
De ce trait se peut-il que vous soyez capable ?
Où trouver désormais l'honneur, la bonne foi ?
On ne sera donc plus en sûreté chez moi ?

ZOÉ balbutiant.

Mais de voir ce portrait vous étiez curieuse.....
Et c'est là la raison.....

ADÈLE.

Taisez-vous. Malheureuse,
Vous ne voyez donc pas que si Charles rentrait,
Qu'il découvrît la chose, il me soupçonnerait?
Si cela vous arrive encore, je vous chasse.
Déjà plus d'une fois, si je vous ai fait grâce,
C'est que ma belle-mère a calmé mon courroux ;

Elle est votre marraine, elle est faible pour vous,
Mais de vous pardonner je sens que je suis lasse.....
Allez, et remettez ce portrait à sa place.

> Zoé s'éloigne.

Non.....

> Elle s'arrête.

Zoé, revenez.

> Zoé s'approche.

Laissez-moi cet objet ;

Vous n'irez pas.

ZOÉ.

Pourquoi m'empêcher, s'il vous plaît.....

ADÈLE.

C'est que, lorsque l'on est, comme vous, maladroite,
On fait tout de travers. Donnez-moi cette boîte.
Je veux la reporter ; je suis sûre qu'ainsi
Charles n'en saura rien. Retirez-vous d'ici.

ZOÉ en sortant.

Lorsque l'on croit bien faire, on est encor grondée ;
Si j'avais su, du moins, je l'aurais regardée.

SCÈNE VII.

ADÈLE seule.

Voit-on rien de pareil ? quelle indiscrétion !
Mais qu'attendre de gens sans éducation ?.....
C'est que réellement, je serai compromise,
Si l'on soupçonne...... allons réparer sa sottise.....

> Elle regarde la boîte et sourit.

Pourtant, je l'avoûrai, je voudrais bien savoir
Quel est l'objet charmant que je n'ai pas pu voir.

Elle regarde autour d'elle.

Faut-il ouvrir?... Oh! non... J'en suis bien la maîtresse,
Personne n'est ici..... Mais la délicatesse....
Respectons son secret, il le faut, je le dois!...

Vivement.

Eh! mais... si ce jeune homme a fait un mauvais choix,
Ne trouvera-t-il pas quelqu'un qui l'avertisse,
Un ami qui l'arrête au bord du précipice?
Il a toujours été confiant, et je croi
Qu'on peut facilement tromper sa bonne foi.
Mais s'il m'évite encore et s'obstine à me taire
Le penchant de son cœur, pour lui que puis-je faire?
Ignorant ses desseins, puis-je guider ses pas,
Écarter des dangers que je ne connais pas?...
Avec moi devrait-il y mettre du mystère?
Ah! c'est qu'il est honteux du choix qu'il vient de faire.
Oui.... c'est là le motif pour lequel il m'a fui;
Il me redoute. Eh bien! sachons tout malgré lui.
Point de scrupules vains! Charles m'estime, il m'aime,
Je puis tout sur son cœur; sauvons-le de lui-même!

Elle ouvre la boîte.

Que vois-je, juste ciel? que vois-je?... il se pourrait?
Dois-je en croire mes yeux? je sais donc son secret!
Quoi! c'est là cet amour qui l'occupe sans cesse!
C'est moi... qu'il regardait avec tant de tendresse!

Considérant le portrait.

Ce portrait est frappant! il me ressemble au mieux!
Oui, je reconnais là mon sourire, mes yeux....
Mais comment a-t-il fait n'ayant pas de modèle?...

Attendrie.

Il faut que sa mémoire ait été bien fidelle.

Elle va s'asseoir.

SCÈNE VIII.

Mme DERVILLE, ZOÉ dans le fond du théâtre,
ADÈLE.

Mme DERVILLE bas à Zoé.

Mais en es-tu bien sûre?

ZOÉ idem.

Oui, madame, il cachait
Une boîte à deux fonds, renfermant un portrait.

Mme DERVILLE idem.

Et ce portrait....?

ZOÉ idem.

J'ai su l'enlever par adresse;
Il est entre les mains de ma jeune maîtresse.

Mme DERVILLE idem.

C'est bien, Zoé; je suis satisfaite de toi;
Le reste me regarde, à présent laisse-moi.

Zoé sort.

SCÈNE IX.

Mme DERVILLE, ADÈLE.

ADÈLE à part.

Tout s'explique par là... Je vois, je me rappelle...

Mme DERVILLE haut.

Que tenez-vous donc?

ADÈLE se retournant.

Ah!

Mᵐᵉ DERVILLE.

Votre portrait, Adèle?

ADÈLE se levant.

Quoi!.... ma mère... c'est vous!

Mᵐᵉ DERVILLE à part.

Mon aspect l'interdit!

ADÈLE.

Je..... ne.... vous voyais pas....

Mᵐᵉ DERVILLE haut.

Vous ne m'aviez pas dit
Que vous vous faisiez peindre?

ADÈLE à part.

Ah! je suis confondue.

Mᵐᵉ DERVILLE haut.

A qui destinez-vous.....?

ADÈLE.

C'est pour....

A part.
Je suis perdue!

Mᵐᵉ DERVILLE haut.

Eh! bien?

ADÈLE.

Haut.
C'est....

A part.
Je ne sais que répondre, vraiment!....

Haut.
La fête de Derville..... arrive incessamment....

Mᵐᵉ DERVILLE.

Oui, très-incessamment; c'est aujourd'hui la veille!
Mais quel rapport....?

ADÈLE.

Je veux le surprendre...

Mme DERVILLE.

A merveille.

Ce cadeau sûrement lui fera grand plaisir ;

Avec douceur.

Mais je ne vois rien là dont vous deviez rougir.

ADÈLE.

Moi.... rougir ?

Mme DERVILLE.

Pourquoi donc m'en avoir fait mystère ?

ADÈLE.

C'est que j'aurais voulu le... cacher....

Mme DERVILLE.

A sa mère ?

Il me semble, au surplus, que j'ai vu ce portrait
Dans la chambre de Charle ; il est donc du secret ?

ADÈLE.

Qui....? Charles.... dites-vous ?

Mme DERVILLE.

Oui, cette miniature

A passé par ses mains.

ADÈLE.

Vous.... croyez ?

Mme DERVILLE.

J'en suis sûre.

ADÈLE.

Ah ! oui..., je m'en souviens, j'ai dû la lui montrer ;
C'est lui que j'ai chargé de la faire encadrer.

Mme DERVILLE à part.

A garder ce portrait vous avez beau prétendre ;
Mon cher cousin, bientôt je vous le ferai rendre.

Haut.

La fête de mon fils ! j'ai commencé pour lui
Un travail que je dois terminer aujourd'hui.
Vous m'y faites songer ; cela pourra lui plaire,
L'ouvrage est de mes mains. N'est-ce pas ?

ADÈLE.
                    Oui, ma mère.

Mme DERVILLE.

Quand il sera fini, je vous le ferai voir.

A part.

Allons trouver Zoé, qui m'attend.
                    Haut.
               A ce soir.

A part en sortant.

Adèle est vertueuse et pure au fond de l'âme ;
Surveillons-la pourtant ; car enfin, elle est femme.

SCÈNE X.

ADÈLE seule.

A-t-elle des soupçons ? suivrait-elle mes pas ?...
Oh ! non, elle ne peut penser ce qui n'est pas...
Quelqu'un qui va surtout m'embarrasser, c'est Charle ;
Sur quel ton maintenant faut-il que je lui parle ?
Je ne puis décemment conserver aujourd'hui
Cet air si familier que j'avais avec lui.
Mais si je change, il va m'en demander la cause.
Que répondre ?... Il est vrai qu'à bien prendre la chose,
Charles doit ignorer que je sais tout... Mais quoi !
Je n'ignorerai pas que j'ai tout appris, moi...

S'il épousait Hermance! Oui, personne plus qu'elle
Ne lui peut convenir; elle est libre, elle est belle,
Elle a cent qualités!... Remettons ce portrait;
Qu'il ne soupçonne rien... Charles, qu'avez-vous fait?
Est-ce donc là le prix d'une amitié si tendre?
Que ne puis-je oublier ce que je viens d'apprendre!
Ah! mon Dieu, le voilà; c'est sa voix que j'entends;
Éloignons-nous d'ici; ne perdons pas de temps.

Elle sort.

SCÈNE XI.

DERVILLE, CHARLES.

CHARLES.

Si tu m'avais laissé, j'aurais fait bonne chasse,
J'en suis sûr.

DERVILLE.

Allons donc! viens déjeuner, de grâce.

CHARLES.

J'allais dans le moment tirer sur des perdreaux.

DERVILLE.

Pourquoi donc faire peur à ces pauvres oiseaux?

CHARLES.

Tu me crois maladroit, et je serais ton maître.

DERVILLE.

Oui, c'est vrai. Vous savez, monsieur le géomètre,
Si, pour bien ajuster, l'angle que vous ferez,
Doit être de quarante ou cinquante degrés;
Mais la pièce par vous n'est jamais abattue.
Moi, je ne connais pas tout cela, mais je tue.
A propos, j'ai trouvé....

CHARLES.

Qui?

DERVILLE.

Madame Franval.

J'ai sondé le terrain, nous ne sommes pas mal.

CHARLES.

J'ai vu Pauline enfant, et je dois la connaître.
C'est faux!

DERVILLE.

Estime-la, je t'en laisse le maître.
Mais moi, certain regard furtif et plein d'appas,
M'a fait sentir assez que je ne déplais pas.

CHARLES.

Pauline est avec toi bienveillante et polie,
Comme avec le mari de sa meilleure amie;
Mais rien de plus.

DERVILLE.

Mon cher, tu ne t'y connais pas;
Je suis sûr que l'on m'aime.

CHARLES.

Eh bien! soit. En ce cas,
Me diras-tu quels sont tes projets, mon cher maître?
Réponds-moi.

DERVILLE.

Je ne sais.

CHARLES.

Voudrais-tu donc?..

DERVILLE.

Peut-être.

CHARLES.

Derville, tu parais l'oublier tout-à-fait,
Franval est ton ami ; le tromper ! ce serait
Une immoralité, j'ose dire profonde.

DERVILLE.

Mon dieu ! Charles, je suis l'ami de tout le monde ;
Et si par ce motif j'étais toujours conduit,
Examine, mon cher, où j'en serais réduit.
Paris est ainsi fait ; tu ne le connais guère.
Crois-moi, tout cela, Charle, est de fort bonne guerre.

CHARLES.

C'est différent, alors. Mais, en ce cas, dis-moi,
Ta femme a donc le droit de faire comme toi ?
Qu'en penses-tu ?

DERVILLE.

La chose est-elle supposable ?

CHARLES.

Mais.....

DERVILLE.

Adèle, mon cher, elle en est incapable ;
C'est la vertu même.

CHARLES.

Oui, je le crois fermement ;
Mais, enfin, admettons le fait pour un moment.
Alors.....

DERVILLE d'un ton sévère.

Alors.....

CHARLES.

Eh bien ! parle donc.

DERVILLE.

                              Son complice

Périrait de mes mains.

CHARLES.

                    Voilà bien l'injustice.

L'homme a-t-il tous les droits ? Les libertés qu'il prend,
La femme peut les prendre.

DERVILLE.

                              Oh ! c'est bien différent.

Je vais parler ici sans passion, sans haine.
Quand il trompe sa femme, et qu'elle en est certaine,
Cette conviction est pénible à son cœur.
Mais pour lui, le soupçon est déjà le malheur !

Avec chaleur.

D'une double blessure il sent percer son ame.
Doute de ses enfans, en doutant de sa femme !
Il les aime avec crainte ; et, dans ce trouble affreux,
Fait rentrer dans son cœur l'amour qu'il a pour eux.....

Éclatant de rire.

Mais je te vois ému ; mon langage t'étonne.
Sais-tu que je suis fort, quand parfois je raisonne ?

CHARLES.

Si tel est ton avis, Derville, au nom de Dieu !
Tâche de t'arranger pour n'y pas donner lieu.

DERVILLE.

Qui ! moi, jaloux ! jamais je n'eus cette folie.

CHARLES.

Écoute-moi, ta femme est aimable et jolie.

DERVILLE.

Assez.....

CHARLES.

Elle peut certe inspirer de l'amour.

4

DERVILLE.

D'accord.

CHARLES.

Ne crains-tu pas que l'on ne veuille un jour
Profiter des momens de dépit et de rage
Qu'une femme a toujours contre un mari volage?

DERVILLE.

Mon Dieu! quand j'en ferais cent fois, mille fois plus,
Les efforts des galans seraient tous superflus.
Le caractère froid de madame Derville
Est un préservatif; oh! je suis bien tranquille.
Elle m'aime, d'ailleurs, beaucoup trop pour cela!.....
On pourrait m'objecter que ces accidens-là
Sont, depuis quelque temps, plus communs qu'on ne pense
Surtout chez les maris de notre connaissance.
C'est vrai; mais ma réponse est prête, la voilà:
Il est certaines gens qui sont nés pour cela.
Viens-tu déjeuner?

CHARLES.

Non.

DERVILLE.

Viens, je te le répète.

CHARLES.

Maintenant j'ai besoin de changer de toilette.
Va toujours, mon ami, je te joins à l'instant.

DERVILLE sort.

SCÈNE XII.

CHARLES, ADÈLE.

ADÈLE entrant vivement pendant que son mari s'éloigne.

Eh bien! que faites-vous, Messieurs? on vous attend.

Étonnée de ne voir que Charles.

C'est vous, Monsieur!

CHARLES à part.

Quel ton !

Haut.

Voudriez-vous me dire.....

Ma cousine, restez.

ADÈLE.

Non, non, je me retire ;
Je..... ne puis demeurer.

CHARLES.

Pourquoi me fuyez-vous ?

ADÈLE.

Laissez-moi.

CHARLES.

Qu'ai-je fait pour vous mettre en courroux ?

ADÈLE.

Je n'ai pas de courroux ; l'objet le plus frivole
Vous inquiète.

CHARLES.

Eh bien ! une seule parole.

ADÈLE.

Non, je n'ai pas le temps.

CHARLES.

Que je sache pourquoi
Vous changez tout-à-coup de façons avec moi.

ADÈLE.

Derville est de retour ; il faut que je lui parle ;
Je vous l'ai déjà dit, laissez-moi, monsieur Charles.

Elle sort.

4*

SCÈNE XIII.

CHARLES seul.

Monsieur Charles ! Quel ton singulier ?..... jusqu'ici
Ma cousine aurait craint de me traiter ainsi.
Monsieur Charle !.. ah ! vraiment ce mot me perce l'ame,
Et si, de mon côté, je lui disais : Madame ?
Mais comment expliquer ce changement soudain ?
En présence d'un tiers, elle dit : Mon cousin ;
C'est amicalement enfin qu'elle me parle ;
Et quand nous sommes seuls, elle dit : Monsieur Charle !
Je veux absolument la voir, l'entretenir ;
Mon cœur est oppressé, je n'y puis plus tenir.

Il s'éloigne.

SCÈNE XIV.

CHARLES, ZOÉ.

ZOÉ de loin à Charles.

Ah ! Monsieur, je venais....

A part.

J'ai rempli mon message,

Il y va.

Elle veut sortir.

SCÈNE XV.

FRANCISQUE, ZOÉ.

(Cette scène doit être jouée très-vivement.)

FRANCISQUE l'arrêtant.

Je ne puis y tenir davantage ;

Deux mots, Zoé. Tantôt tu m'as bien affligé ;
Veux-tu réellement me donner mon congé ?

ZOÉ.

Oui, mon cher.

FRANCISQUE.

Cesse donc un pareil badinage ?

Je pars.

ZOÉ.

Vraiment.

FRANCISQUE.

Monsieur avance son voyage ;

C'est un secret.

ZOÉ.

Quel jour ?

FRANCISQUE.

Mais, je pense, demain.
Zoé, pardonne-moi, viens me donner la main.

ZOÉ.

Ma foi, veux-tu qu'ici je parle en conscience !
Hier, je t'ai promis, aujourd'hui je balance.
J'ai beaucoup réfléchi.

FRANCISQUE.

Mais que t'ai-je donc fait ?

ZOÉ.

Un vieux proverbe dit : tel maître, tel valet ;
Et.....

FRANCISQUE.

Moi, lui ressembler ? Tiens, juge de ma flamme,
Je n'ose presque pas regarder une femme.

ZOÉ.

Grimace. Je prétends que tu lèves les yeux
Sur les plus fins minois, pour m'aimer encor mieux.
Voilà de mes galans avant le mariage !
On jure ses grands dieux de n'être pas volage ;
Mais cédons-nous? Autant en emporte le vent.
Moi, je veux que tu sois après tout comme avant.
Si tu prends les défauts de monsieur, sur mon ame,
Je n'imiterai pas la bonté de Madame.

FRANCISQUE.

Oh ! je t'en donne ici l'autorisation.

ZOÉ vivement.

Est-ce que j'ai besoin de ta permission?
Écoute, nous n'avons qu'une seule vengeance ;
Mais aussi, c'est qu'elle est bonne par excellence ! !
J'ai... quatre moyens sûrs de l'exercer sur toi.

FRANCISQUE avec importance.

Il serait malaisé de me tromper, je croi.

ZOÉ.

Ce ton avantageux, et ces airs d'homme habile,
Rendraient précisément la chose plus facile.

FRANCISQUE.

Et ton premier moyen, c'est.....?

ZOÉ.

                        Je t'endormirai,
Je feindrai de haïr celui que j'aimerai.

FRANCISQUE.

Le second?

ZOÉ.

Pour agir avec plus de licence,
Je t'en ferai, mon cher, la fausse confidence.

FRANCISQUE.

Et le troisième?

ZOÉ.

Ah! ah!

FRANCISQUE.

Eh bien! répondras-tu?

ZOÉ.

En public, j'aurai l'air d'un dragon de vertu;
Mais dans le tête-à-tête...

FRALCISQUE à part.

On n'est pas plus franc qu'elle.

Haut.

J'en ferai mon profit; merci, Mademoiselle.

Elle veut sortir; il la retient.

Et le dernier.....?

ZOÉ.

C'est bien le meilleur, sur ma foi.

Francisque s'approche pour écouter.

Tu ne le sauras pas, je le garde pour moi.

———

ACTE TROISIÈME.

SCÈNE PREMIÈRE.

CHARLES seul.

Je prends, depuis une heure, une peine inutile :
Pour me fuir, elle s'est attachée à Derville.....
Elle avait, ce matin, un air bien différent !
J'étais encor, j'étais son ami, son parent.
Son silence me tue ; oui, cette incertitude
Est pour moi, je le sens, un supplice trop rude ;
Je veux absolument savoir quel est mon tort,
Et je vais..... Dieu ! c'est elle.

SCÈNE II.

CHARLES DERVILLE, ADÈLE.

ADÈLE, bas à son mari dans le fond du théâtre.

       Ainsi, pressez-le fort ;
Insistez vivement.

DERVILLE.

Laisse-moi faire.

S'approchant de Charles, et lui prenant la main.

          Écoute :
Je viens te faire part d'un projet qui, sans doute,

Te surprendra beaucoup, du moins je le prévoi :
Nous voulons, mon ami, te marier.

CHARLES.

Qui, moi ?

DERVILLE.

Toi-même. Les parens de la jeune personne
Sont d'accord avec nous ; et.....

CHARLES sèchement.

Cette offre m'étonne,

Et vient fort mal.

DERVILLE.

Comment ? Que veux-tu dire enfin ?

CHARLES.

Que jamais à l'hymen on ne fut moins enclin.

ADÈLE.

Mais vous ne savez pas, Charles, quelle est la femme,
Dont il est question.

CHARLES.

Je répète, Madame,
Que l'hymen, si je puis vous parler de mon goût,
N'a rien qui me séduise, en ce moment surtout.

DERVILLE déclamant.

Mon cousin, ce discours sent le libertinage.

CHARLES.

Je suis jeune d'ailleurs, rien ne presse à mon âge.
Je puis attendre encor dix ans, sans qu'il soit tard.

DERVILLE.

Propos très-déplacé.

D'un ton de sévérité affectée.

Serais-tu par hasard

Ami du célibat ?..... Charle, mon cousin Charle,
Écoutez..... La raison par ma bouche vous parle.
Le célibat, grand Dieu ! savez-vous ce que c'est ?
État contre nature ! immoral !..... en effet,
L'homme est visiblement fait pour le mariage.
C'est un but, c'est un port, où doit tendre le sage ;
J'ai fini par là, moi ! j'ai formé ce lien,
Le plus sacré de tous, et je m'en trouve bien.
Et d'un autre côté, je suis sûr que ma femme
Est très-heureuse aussi ; n'est-il pas vrai, Madame ?....
Mais je ne veux pas trop prolonger la leçon ;
Deux mots et je finis : si tu restes garçon,
Si tu fuis à jamais une honnête alliance,
Vois un peu quelle en doit être la conséquence !

Onctueusement.

Te voilà, mon ami, condamné pour toujours
A connaître, à nourrir de coupables amours !
Te voilà séducteur ! ah ! ce serait infâme ;
Moi, je suis pour les mœurs... Suis-je éloquent, ma femme ?
Comment me trouves-tu ?

ADÈLE à part.

Vous plaisantez toujours ;
Parlez au sérieux.

CHARLES à Derville.

J'admire ton discours !
Cependant, à quoi bon tout ce brillant langage ?
Je n'ai jamais été contraire au mariage ;
Mais encor faut-il bien que l'on ait fait un choix.

ADÈLE vivement.

Nous l'avons fait pour vous, mon cousin, et je crois
Que vous accepterez une telle alliance.

CHARLES.

Quel est donc ce parti, Madame ?

DERVILLE.

C'est Hermance.

Mouvement négatif de Charles.

ADÈLE.

Quoi ! vous refuseriez ! Charles, vous avez tort.

DERVILLE.

Je t'assure, mon cher, qu'elle te convient fort.

ADÈLE.

Si vous la connaissiez, c'est bien la plus belle ame.....

DERVILLE.

Moi, je suis tout-à-fait de l'avis de ma femme.
Épouse-la, crois-moi ; son physique est fort bien ;
Quant au moral, elle a cent mille écus de bien.

CHARLES.

Je l'estime beaucoup, elle est jeune, elle est belle,
Et, sous tous les rapports, je suis indigne d'elle ;
Pourtant, je l'avoûrai, ses charmes jusqu'ici
N'ont pas touché mon cœur.

DERVILLE à sa femme.

Que veux-tu faire aussi

D'un être comme lui ? Ton cousin te ressemble,
Il est d'une froideur !..... vous êtes bien ensemble.

A Charles.

Mais laissons-là l'hymen. Si je t'en ai parlé,
C'est ma femme, vois-tu, qui me l'a conseillé ;

Adèle fait un geste de confusion.

Car je ne suis pas fort, moi, pour le mariage.

Reste garçon , mon cher ; c'est un parti fort sage.

Bas à Charles.

Tiens , je regretterai toujours le célibat ;
On est son maître au moins , c'est un très-bel état.

Haut.

Mais pourquoi s'occuper de vétille pareille ?
J'ai là des ouvriers qu'il faut que je surveille ;
J'y vais. Vous trouverai-je encore à mon retour ?
Qu'allez-vous devenir jusqu'à la fin du jour ?

ADÈLE.

Charles , que faites-vous ?

CHARLES.

Je... crois.... que je demeure.

ADÈLE à part.

Il veut me parler !

Haut.

Moi , je vais passer une heure
Chez madame Franval , qui m'attend à Passy.

CHARLES vivement.

Ah ! mon Dieu ! je lui dois une visite aussi ,
Et.....

DERVILLE.

Mon cher, en ce cas, prends le bras de ma femme ,
Tu l'accompagneras.

CHARLES.

Très-volontiers.

Offrant sa main à sa cousine.

Madame.....
Permettez..... nous ferons ensemble le chemin.

ADÈLE.

Non ! Tout bien calculé , je la verrai demain.

DERVILLE étonné.

J'irai, je n'irai pas ; voyons, que veux-tu faire ?

ADÈLE.

Je reste. Adieu, Messieurs.

CHARLES à part.

Je souffre.

DERVILLE à sa femme avec humeur.

Adieu , ma chère.

A Charles qui cherche à rester, et lui fait signe de sortir avant lui.

Comment donc ! Tu me fais des politesses, toi !.....
Monsieur, vous passerez : ne suis-je pas chez moi ?
Vous plaisantez , vraiment.

Ils sortent.

SCÈNE III.

ADÈLE seule.

En refusant Hermance ,
Il vient de renverser toute mon espérance.
Oui : j'allais l'éloigner de moi, de ce séjour,
Et surtout, je donnais le change à son amour ;
Il m'aurait oubliée ! A présent, au contraire,
De cette passion rien ne va le distraire;
Il peut me voir , il peut me parler sans détour !
Nous serons en présence à chaque instant du jour !!....
Où tout cela grand Dieu ! pourra-t-il nous conduire ?....
Bientôt on va savoir pour qui Charles soupire ;
Que faire ? comment fuir le danger que je vois ?

Il faut rompre avec Charle ; il le faut , je le dois.
Par-là j'étoufferai sa passion funeste ;
Oui , rompons ; ce moyen est le seul qui me reste.

SCÈNE IV.

ADÈLE, CHARLES.

Charles entre vivement, s'arrête de même, et arrive enfin auprès de
sa cousine.

ADÈLE.

Ah ! vous voilà, Monsieur ! Quoi, vous avez déjà
Fini votre visite ?

CHARLES.

Elle....'n'était pas..... là.

ADÈLE.

Mais vous n'avez pas eu le temps d'aller chez elle ?

CHARLES.

Si fait , je.....

ADÈLE.

Vous sortez !

CHARLES.

Eh bien ! tenez, Adèle.....
Vous saurez que je viens avec l'intention
De réclamer de vous une explication.

Tendrement.

Ma cousine, en quoi donc ai-je pu vous déplaire ?
Avec moi vous prenez un visage sévère ,
Vous ne me parlez plus, vous semblez m'éviter !
Cette rigueur, comment l'ai-je pu mériter ?

Quoique j'aie envers vous de bien grands torts peut-être,
J'ai beau m'examiner, je ne puis les connaître.
Pourtant j'en dois avoir, car vous me punissez !
Mais par mon repentir ils seront effacés ;
Parlez, veuillez m'apprendre en quoi je suis coupable,
Mais ne prolongez pas un tourment qui m'accable.

ADÈLE à part.

Voilà l'instant fatal ; un peu de fermeté.

Haut.

Vous l'exigez, je vais dire la vérité.
Eh bien ! Monsieur, en vous voici ce qui me blesse :
Faut-il vous l'avouer ? Vous m'obsédez sans cesse,

Il fait un mouvement.

Oui, vous me fatiguez ; depuis plus de deux mois,
Du matin jusqu'au soir c'est vous seul que je vois.
A toute heure, en tout lieu, que j'entre, que je sorte,
C'est vous, c'est toujours vous qui me servez d'escorte ;
C'est qu'en dépit de moi, vous ne me quittez pas,
Que vous êtes une ombre attachée à mes pas !.....
Tant d'importunité m'est pénible, me lasse ;
Il est temps d'en finir ; je vous demande grâce.

CHARLES.

Qu'entends-je ! Est-ce bien vous qui me parlez ainsi ?
Vous, ma cousine ! Vous !.....

ADÈLE.

Je viens de dire ici
Ce..... que je pense.

A part.
Ah ! Dieu !

CHARLES.
Je doute si je veille !.....

Quel langage nouveau vient frapper mon oreille!.....
Adèle, y pensez-vous. Eh! quoi! mon amitié
Vous devient importune! Avez-vous oublié
Que sous le même toit nous avons pris naissance?
Les mêmes lieux ont vu les jeux de notre enfance.
Adèle, songez-y ; des souvenirs si doux,
Éloquens pour moi seul, sont-ils muets pour vous?
Mon cœur n'est pas changé, vous m'êtes toujours chère ;
Mais moi, ne suis-je plus votre ami, votre frère?

ADÈLE émue.

Ah! pardon!..... Je ne puis demeurer plus long-temps....

A part.

Je n'y tiens plus.

Haut.

Oui, j'ai..... des ordres..... importans
A donner ce matin, chez moi je vais me rendre.

Elle fait un mouvement pour sortir.

CHARLES la ramenant.

C'est à moi de sortir, et je sais vous comprendre ;
Restez, Madame.

ADÈLE.

Eh! quoi!

CHARLES.

Faut-il avoir recours,
Pour me congédier, à de pareils détours?

ADÈLE.

Mais....

CHARLES.

Puisque j'ai cessé de vous être agréable,

Puisque ma vue enfin vous est insupportable,
Je m'éloigne.

ADÈLE.

Eh bien! soit.

CHARLES.

Vos vœux sont satisfaits;

Je pars !

ADÈLE.

Fort bien.

CHARLES.

Adieu, Madame.... pour jamais.

ADÈLE.

Adieu.

Il sort.

SCÈNE V.

ADÈLE seule.

Ciel.... quel effort j'ai fait là sur moi-même !....
Je n'en puis plus !.. J'éprouve une faiblesse extrême.

Elle s'assied.

SCÈNE VI.

ZOÉ, ADÈLE.

ZOÉ.

Qu'avez-vous donc? ô ciel ! Vous m'effrayez vraiment !

ADÈLE.

C'est un peu de frisson, un éblouissement....

Elle fait signe à Zoé de s'éloigner de quelques pas.

Pour le traiter ainsi, dieu ! combien il m'en coûte !
Quel courage il me faut ! Ah ! j'ai bien fait sans doute
D'en avoir une fois, du moins dans mes discours !
Je n'aurai plus besoin d'en avoir tous les jours.....
Puisse-t-il être heureux ! c'est ce que je désire.
Mais qu'entends-je ? quel bruit !

SCÈNE VII.

ZOÉ, CHARLES, DERVILLE, ADÈLE.

DERVILLE *dans la coulisse.*

Quoi que tu puisses dire,
Tu ne sortiras pas.

ADÈLE *à Zoé.*

C'est mon mari, je croi.

ZOÉ *à Adèle.*

Avec votre cousin.

CHARLES *dans la coulisse.*

C'en est trop, laisse-moi ;
Je ne puis plus rentrer après un tel outrage.

ADÈLE.

Quel homme ! il le retient !

DERVILLE *dans la coulisse.*

C'est un enfantillage.

CHARLES.

Non, non, jamais chez toi je ne reparaîtrai.

DERVILLE l'entraînant jusqu'auprès de sa femme.

Oh ! parbleu , tu viendras ou de force ou de gré.

ADÈLE.

Mon dieu, Messieurs, pourquoi ce fracas ?

DERVILLE.

Je ramène
Un transfuge à tes pieds, et ce n'est pas sans peine.
J'ai des remercîmens à recevoir de toi ;
C'est que le géomètre était parti sans moi.

ADÈLE à part.

Il eût aussi bien fait.

CHARLES.

J'ai vraiment bonne grâce
A me représenter ici , quand on me chasse.

DERVILLE.

Quelle obstination ! eh ! mais, encore un coup,
Tu juges mal ma femme, elle t'aime beaucoup.
Tiens ! après son mari, je ne connais personne
Qu'elle préfère à toi ; n'est-il pas vrai, ma bonne ?

ADÈLE.

Mais, Monsieur, ce discours....

DERVILLE.

Tu me l'as dit cent fois.
Ah ! vous perdez le sens tous les deux, je le vois.
Allons , décidément il faut que je m'en mêle.

ZOÉ à part.

O le plaisant mari ! que va-t-il faire ?

DERVILLE faisant signe à sa femme de s'approcher.

Adèle;

Toi, Monsieur le boudeur, qu'as-tu donc aujourd'hui ?

ADÈLE.

Voulez-vous que Monsieur reste ici malgré lui ?

DERVILLE la ramenant.

Oh! ceci pour le coup devient trop fort. Écoute :
Suis-je le maître ici, ma femme ?

ADÈLE avec douceur.

Mais sans doute.

DERVILLE.

Mes amis, en ce cas, doivent être les tiens.
Charles, comme tu sais, est le meilleur des miens ;
Il est de nos parens, je l'estime, je l'aime ;
Je veux qu'il soit par toi traité comme moi-même ,
Entends-tu bien cela ? s'il n'en est pas ainsi,
Je me fâche.

ADÈLE intimidée.

Monsieur, vous serez obéi.

A part.

Cruel homme !

DERVILLE.

A la fin, c'est être raisonnable.
Pour toi, mon cher cousin, prends un air plus aimable ;
Il est temps de quitter ce visage chagrin.
Voyons, grand innocent, viens lui baiser la main.
Pauvre garçon, voit-on une rougeur pareille ?

Pendant que Charles baise la main d'Adèle.

Respectueusement... là... bien... c'est à merveille.

A sa femme.

En vous raccommodant, conviens que j'ai bien fait.

ADÈLE.

Monsieur.

DERVILLE.

A l'avenir, qui t'accompagnerait ?

SCÈNE VIII.

ZOÉ, CHARLES, DERVILLE, Mme. DERVILLE
(mère), ADÈLE.

Mme DERVILLE à part dans le fond du théâtre.

Les voilà tous ; il faut qu'à frapper je m'apprête :

Haut à Derville.

Ma fille a déjà dû te souhaiter ta fête...

DERVILLE se retournant.

A propos !

Mme DERVILLE.

Je viens donc t'offrir seule, à mon tour,
Un bien léger cadeau, gage de mon amour.

Elle l'embrasse.

Tiens, cette broderie, Adolphe, est tout entière
L'ouvrage de mes mains.

DERVILLE.

Elle m'en est plus chère.

CHARLES regardant la broderie.

Madame, ce travail est d'un excellent goût.

Mme DERVILLE à part.

Faisons restituer.

Haut.

Eh bien ! ce n'est pas tout :

A Derville.

Il est une surprise encor qu'on te ménage,
Et qui doit, à coup sûr, te plaire davantage.

DERVILLE.

A moi ? je n'attends plus aucun présent.

Mme. DERVILLE.

Mon fils,

C'est bien à toi pourtant qu'il doit être remis,

Regardant Charles.

L'idée en est d'ailleurs ingénieuse, aimable !

DERVILLE

Enfin, expliquez-vous ?

Mme. DERVILLE.

Tiens, voilà le coupable.

DERVILLE.

Qui! Charle !

CHARLES embarrassé.

En vérité, j'ignore tout-à-fait...

Mme DERVILLE.

Vous allez me comprendre. Où donc est le portrait ?

CHARLES.

Le....: portrait ! quel portrait ?

ADÈLE à part.

Dieu !

Mme DERVILLE montrant sa fille.

Celui de Madame.

CHARLES.

De... ma cousine ?

ADÈLE à part.

O ciel !

DERVILLE vivement.

Le portrait de ma femme ?

ADÈLE à part.

Veut-elle nous réduire à de fâcheux éclats !

Mme DERVILLE à Charles.

Mais on dirait, Monsieur, que vous ne savez pas
Ce dont je parle ici ?

CHARLES.

C'est.... qu'en effet... j'ignore...

DERVILLE montrant Charles au doigt et ricanant.

Allons donc !...

Mme DERVILLE à Charles.

A quoi bon dissimuler encore ?
Vous voyez qu'on sait tout.

CHARLES.

J'affirme de nouveau...

Mme. DERVILLE.

Mais quand donc voulez-vous lui faire ce cadeau ?

ADÈLE à part.

Parlons-lui.

Mme DERVILLE.

Voilà bien le moment, ce me semble.

DERVILLE les regardant l'un après l'autre.

Mais que diantre avez-vous à démêler ensemble ?

ADÈLE vivement.

Charles, c'est...

Mme DERVILLE l'interrompant.

Laissez-moi lui parler ; vous verrez
Que j'agis sagement, et vous m'approuverez.

Très-haut à Charles. Zoé, CHARLES, Mme DERVILLE,
DERVILLE, ADÈLE.

Vous teniez un portrait, quand ma fille est entrée.
L'offrande maintenant n'en est plus différée ;
Nous savons qu'il n'est pas terminé tout-à-fait ;
N'importe cependant, donnez-le tel qu'il est....
Mais à présent, Monsieur, que pouvez-vous attendre ?

DERVILLE.

Quelle peine on se donne ici pour me surprendre ?.....

A Charles.

Eh ! sans doute, voyons, mon cher, est-il sur toi ?

CHARLES regardant Adèle.

Mais....

Mme DERVILLE bas à Charles avec sévérité.

Je sais tout ; donnez.

ADÈLE.

Donnez.

DERVILLE.

Donne-le moi ;

Que diable !

Considérant le portrait.

C'est parfait ! Dieu ! quelle ressemblance !
Mes bons amis, croyez que ma reconnaissance....

Il baise la main de sa femme et fait un geste de remerciment à Charles.

Mᵐᵉ DERVILLE.

Je dois dire au surplus , qu'en cette occasion ,
Ils ont été tous deux d'une discrétion !...
Le hasard seul m'a fait découvrir ce mystère.

DERVILLE.

En vérité ! comment ma femme a su se taire ?

Lui serrant la main.

C'est très-bien ! je t'en fais ici mon compliment ;

ZOÉ qui s'est tenue à l'écart.

Ah ! cette scène-là vaut l'autre assurément.

Mᴹᴱ. DERVILLE.

Mais d'un nouveau détail , il faut que je te parle ;
Tu ne sais pas encor combien tu dois à Charle.

DERVILLE.

Comment donc ?

Mᵐᵉ DERVILLE.

Ce portrait....

DERVILLE.

Eh bien ?

Mᵐᵉ DERVILLE.

Il est de lui.

DERVILLE.

Il se pourrait ? quoi ! Charle , il est de toi ?

CHARLES embarrassé.

Mais... oui...

Mᵐᵉ DERVILLE.

Ton cousin a tout fait de la meilleure grâce.

DERVILLE.

Oh ! je n'y puis tenir.... Il faut que je t'embrasse.

Il se jette à son cou.

ZOÉ à part.

Ma foi, s'il me fallait dire lequel des trois
Est le plus attrapé, je ne pourrais, je crois.

DERVILLE.

A propos ! vous saurez, ma mère, et vous, Madame,
Que Franval doit partir ce soir avec sa femme.

ADÈLE.

Ce soir ! est-il bien vrai ?

Mme. DERVILLE.

Ce soir !

DERVILLE.

Eh ! mon dieu, oui.
Le fait est positif, car je le tiens de lui ;
Il me quitte à l'instant.

A Charles.

Comme le temps le presse,
Qu'il est très-affairé, j'ai cru, dans ma sagesse,
Pouvoir lui proposer tes services.

CHARLES.

De moi !

DERVILLE.

Ai-je trop présumé de mon crédit sur toi ?

CHARLES.

Non, je suis tout à lui, mon cher, rien de plus juste.

DERVILLE.

Il t'attend.

Mme DERVILLE à son fils.

Mon ami, j'ai là plus d'un arbuste
Que je voudrais t'offrir ; j'ai fait venir aussi
Quelques nouvelles fleurs... Elles sont près d'ici...

DERVILLE.

Mesdames, je vous suis.

Elles s'éloignent avec Zoé.

Bas à Charles.

Ce départ me chagrine !

Aussi, j'ai fait remettre un billet à Pauline ;
Je donne sans façon rendez-vous pour ce soir.

Haut.

Tu t'en vas chez Franval ?

CHARLES.

Oui, j'y vais.

DERVILLE.

Au revoir.

Il sort.

SCÈNE IX.

CHARLES seul.

Ah ! le ciel permet donc que tout cela finisse ;
Je sens qu'il était temps , car j'étais au supplice.
Mais comment a-t-on su que j'avais ce portrait ?
A tout le monde ici j'en ai fait un secret !...
Il faut qu'on soit venu chez moi dans mon absence...
C'est madame Derville... oui, j'en ai l'assurance...
Comme elle jouissait de voir mon embarras !
Comme elle m'accablait !... je ne la conçois pas ;
Elle n'a donc pas craint de compromettre Adèle ?..

Mais elle s'est peut-être entendue avec elle !
Qui, ma cousine ? oh ! non ; elle a trop de bonté,
Et n'eût pas jusque-là poussé la cruauté....
Envers moi, maintenant j'explique sa conduite ;
Oui, je vois le motif qui fait qu'elle m'évite....

SCÈNE X.

ADÈLE, CHARLES.

ADÈLE hors d'haleine.

Ah ! c'est vous que je cherche ! on vous croit à Passy ;
J'ai saisi ce moment pour accourir ici.
Vous jugez bien, monsieur, qu'il s'agit de la scène
Qui vient de se passer ; c'est là ce qui m'amène...
Monsieur, vous le voyez, grâce au zèle indiscret
De quelqu'un de mes gens, je sais votre secret.
De plus, vous avez dû remarquer que ma mère
Paraît avoir aussi pénétré ce mystère.
Derville, j'en conviens, n'en est pas encor là,
Mais, sûrement, bientôt il s'en apercevra.
Cette position, vous le sentez, m'afflige ;
Vous avez fait le mal ; voici ce que j'exige :
Que feignant une affaire, ou toute autre raison,
A dater d'aujourd'hui, vous quittiez la maison ;
Que d'abord, vous veniez plusieurs fois par semaine
Nous visiter ici ; qu'au bout de la quinzaine,
Vous rendiez moins fréquens vos rapports avec nous ;
Et qu'enfin, dans un mois vous les supprimiez tous.

CHARLES.

Madame, je conçois votre juste colère ;
Mais vous venez de rendre un arrêt bien sévère.

Je ne puis, sans éclat, me séparer de vous;
Je suis votre parent, l'ami de votre époux;
De me voir tous les jours il a pris l'habitude,
Et....

CHARLES.

ADÈLE.

Vous prétexterez votre amour pour l'étude,
Vos occupations....

CHARLES.

Adèle, écoutez-moi?

ADÈLE.

Parlez.

CHARLES.

Votre mari vous est connu, je croi.
Sans lui faire un aveu délicat et pénible,
Ce que vous proposez, me paraît impossible;
Il viendrait me chercher, m'imposerait la loi
De revenir ici, malgré vous, malgré moi.
Souffrez donc que je reste; et croyez que personne.....

ADÈLE.

Non, Monsieur; le devoir, la raison, tout l'ordonne;
Il faut vous éloigner.

CHARLES.

Madame, permettez;
Suis-je digne en effet de tant de duretés?
Si vous savez le nom de celle qui m'est chère,
Le hasard vous l'apprit; moi, j'avais su me taire.
Que pouvais-je de plus? J'ai fait ce que je doi;
Vous n'avez pas sujet de vous plaindre de moi.
De grâce, descendez dans le fond de votre ame:
Le mal est fait, c'est moi qui le ressens, Madame;

Et vous ne craignez pas qu'il soit contagieux.
Oui , c'est moi , c'est moi seul qui serai malheureux.
Rassurez-vous , je sais à quoi l'honneur m'oblige.

ADÈLE.

Faut-il le répéter , je le veux , je l'exige.

CHARLES avec feu.

Ah ! puisque vous poussez l'injustice à ce point,
Je suis chez mon ami , je n'en sortirai point.
Envers vous , envers lui , je ne suis pas coupable ,
Mon cœur est pur enfin , ma vie inattaquable ;
Ici , le front levé , je puis toujours venir ;
J'y viendrai. De quel droit voulez-vous m'en bannir ?
Pourquoi cette exigeance altière , impérieuse ?

ADÈLE avec douceur.

Charles , voudriez-vous me rendre malheureuse ?

CHARLES.

Qui ? moi ? grand Dieu ! ce mot décide de mon sort ;
Je ne résiste plus. C'est l'arrêt de ma mort ,
Mais , je vais obéir..... Adieu. Soyez heureuse !

ADÈLE.

Adieu.

Il sort.

SCÈNE XI.

ADÈLE seule.

Combien son ame est noble et généreuse ;
Il va donc s'éloigner ; ah ! tant mieux ! désormais
Je pourrai retrouver et le calme et la paix.

SCÈNE XII.

DERVILLE , ADÈLE.

DERVILLE dans la coulisse.

Demain , avant midi , que ma malle soit faite ,
Les chevaux commandés , et ma calèche prête ;
Que l'on n'y manque pas.

ADÈLE à part.

Qu'entends-je ? quel discours !

A Derville qui entre.

Monsieur , puis-je savoir ?

DERVILLE.

Je pars pour quinze jours.

ADÈLE.

Pour quinze jours !

DERVILLE.

Hélas ! il est trop vrai , ma chère.
Je devais dans un mois visiter notre terre ;
Il me semble t'avoir instruite de cela.
J'avais pensé pouvoir différer jusque-là ,
Des réparations tout-à-fait importantes.
On m'écrit maintenant qu'elles sont très-urgentes ,
Et qu'afin d'obvier aux accidens , il faut ,
Qu'au lieu d'attendre un mois, je m'y rende au plutôt ;
Ainsi , je pars demain , c'est une affaire faite.

ADÈLE.

Demain ! et moi , Monsieur ?

DERVILLE.

Ne sois pas inquiète ;
Charles demeure ici , je le laisse avec toi.

ADÈLE à part.

Charles, grand Dieu !

Haut.

Monsieur, de grâce emmenez-moi.

DERVILLE.

Non , cela ne se peut.

ADÈLE.

Emmenez-moi , vous dis-je.

DERVILLE à part.

Je m'en garderai bien.

ADÈLE.

Il le faut , je l'exige.

DERVILLE à part.

Et milady qui part !

Haut.

Je reviens dans un mois.....
Tu te fatiguerais , c'est pour une autre fois....

ADÈLE.

Voulez-vous me forcer à m'expliquer ?

DERVILLE.

Oui, parle.

ADÈLE.

Il ne me convient pas de rester avec Charle.

DERVILLE.

Quoi ! ce serait encore l'affaire de tantôt ?

Ah ! c'est trop fort , tenir rancune pour un mot !

ADÈLE.

Non , ce n'est pas cela.

A part.

Que ce sang-froid m'assomme !...

Haut.

Je ne puis demeurer seule avec un jeune homme.

DERVILLE.

Charle est-il un jeune homme ? Eh ! non, tu le sais bien.

ADÈLE.

Mais qu'est-il donc ?

DERVILLE.

Il est..... mathématicien.

ADÈLE.

Enfin..... il me déplaît.

DERVILLE.

Quelle bizarerie !
Jamais femme n'a pu souffrir la gaucherie.
Est-ce sa faute , à lui ? je conviens qu'en effet
Il ne met pas beaucoup de grâce à ce qu'il fait ;
Que son défaut d'usage est quelquefois unique.
Mais il peut se former ; et puis , cela s'explique ;
Quand ce jeune homme sort des bancs , de bonne foi ,
Exiges-tu qu'il soit aimable comme moi ?
Cela ne se peut pas.

ADÈLE à part.

Il ne veut pas m'entendre !
Ah ! quel homme ! tâchons de me faire comprendre.

6

Haut.

Apprenez, puisqu'enfin vous voulez le savoir,
Que, pour mille raisons, je ne puis plus le voir.

DERVILLE.

Peste ! et ces raisons-là sont-elles invincibles ?
Dis-les moi.

ADÈLE.

Nos humeurs ne sont pas compatibles !

DERVILLE.

Parbleu ! voilà du neuf, et tu m'étonnes fort :
Je vous ai toujours vus du plus parfait accord.

ADÈLE.

Monsieur, vous vous trompez on ne peut davantage ;
Il ne reviendra plus.

DERVILLE.

C'est un enfantillage.
J'arrangerai cela, vous êtes de grands fous.

ADÈLE *tendrement.*

De grâce, permettez que je parte avec vous.

DERVILLE.

Cela ne se peut pas, je vous l'ai dit, Madame.

ADÈLE.

Au nom du ciel, Monsieur, emmenez-moi.

DERVILLE.

Ma femme,

Je vous répète encor que mon intention
Est de voyager seul.....

La considérant.

Quelle agitation !

J'ai peine à concevoir..... Eh ! bon Dieu ! saurait-elle
Que l'on m'attend aux eaux ?

Haut et avec douceur.

Sois raisonnable, Adèle ;
Je t'ai dit mes motifs, juge-les, juge-moi ;
Il m'en coûte beaucoup de m'éloigner de toi.

Il lui baise la main, la regarde et sort.

SCÈNE XIII.

ADÈLE seule.

J'ai beau faire, il s'obstine à ne pas me comprendre.
Que vais-je devenir ? quel parti dois-je prendre ?
Le moyen d'éviter l'abîme que je voi !.....
Il sera toujours là, toujours là, devant moi !
Comment lutter ? comment ne pas être coupable ?
Je lis dans l'avenir, il est épouvantable !
Quand le danger s'accroît, ma raison s'affaiblit.....
Eh ! mais, l'ambassadeur, Pauline me l'a dit,
A Franval maintenant demande un secrétaire.....
Si Charles consentait..... Dieu ! quel trait de lumière !
On le lui peut offrir ; c'est un fort bel emploi.....
S'il l'accepte, demain il sera loin de moi ;
Je suis sauvée !..... Allons en parler à Pauline,
Allons la voir ; il faut qu'elle le détermine ;
Il le faut, je le sens. Courons-y de ce pas ;
O ciel ! tu vois mon cœur, ne m'abandonne pas.

6*

ACTE IV.

On aperçoit une vue du bois de Boulogne ; à gauche, un angle de mur et la grille du parc de Derville, ainsi qu'un écriteau, sur lequel on lit : *route de Passy*; à droite, un banc adossé à un buisson, et quelques arbres. Auteuil est à la gauche du spectateur, Passy à sa droite.

SCÈNE PREMIÈRE.

ZOÉ entrant par la grille. ADÈLE.

ADÈLE à part.

Pauline a dû le voir. Ah ! je brûle d'apprendre
Ce qu'il a répondu, le parti qu'il va prendre.....
Elle n'arrive pas.....! je l'attends, car enfin,
Elle ne peut tarder. C'est ici son chemin;
Asseyons-nous un peu.

ZOÉ à part.

Comme elle est tourmentée !
Je soupçonne l'objet dont elle est agitée.

ADÈLE se levant et regardant dans la coulisse.

Ah! la voici.

Haut.

Du parc cet endroit est tout près ;
Rentrez, Zoé, je veux y respirer le frais.

ZOÉ à part.

Elle attend son cousin, j'en suis presque certaine ;
Allons en prévenir au plus tôt ma marraine.

Elle sort par la grille sans voir Pauline.

SCÈNE II.

ADÈLE, Mme FRANVAL venant de Passy.

ADÈLE vivement.

Eh bien ! à mon projet l'as-tu fait consentir ?
Qu'a-t-il répondu ? parle.

Mme FRANVAL.

Il ne veut pas partir.

ADÈLE.

O ciel ! quoi ! Charle aussi repousse ma prière ?

Mme FRANVAL.

A juger ton cousin ne sois pas si légère.
Songe qu'il est cruel de quitter son pays,
D'abandonner enfin ses parens, ses amis.

ADÈLE.

Oui.

Mme FRANVAL.

Mais dis-moi, sais-tu que j'étais en colère
En venant ici ?

ADÈLE.

Toi ?

Mme FRANVAL.

C'est qu'à l'instant, ma chère,
Je reçois le billet le plus inconvenant,
Le plus sot, le plus fou, le plus impertinent
Qu'on puisse imaginer.....

ADÈLE.

              Hâte-toi de m'instruire;
Voyons !.....

Mᵐᵉ FRANVAL.

        C'est un monsieur qui m'écrit pour me dire
Que je l'aime beaucoup; qu'il se plaît à le voir;
Que depuis fort long-temps, ses yeux m'ont fait savoir
Qu'il est rempli pour moi d'une égale tendresse;
Qu'il apprend mon départ; que, comme le temps presse ,
Dans l'intérêt commun, il a pensé devoir
Me donner sans façon rendez-vous pour ce soir.
Et c'est ce qu'il a fait. Hem ! qu'en dis-tu , ma chère ?

ADÈLE.

Ce billet est vraiment bien extraordinaire.

Mᵐᵉ FRANVAL.

De ce ton cavalier qui ne serait blessé?

ADÈLE.

Mais enfin, ce monsieur si pressant, si pressé,
Comment s'appelle-t-il? jusqu'à présent j'ignore.....

Mᵐᵉ FRANVAL.

Ah ! c'est-là le plus beau ! cet homme que j'adore,
Je ne sais pas son nom.

ADÈLE.

            Allons ; en pareil cas,
On devine toujours.

Mᵐᵉ FRANVAL.

          Je ne m'en doute pas.
Mais voici le billet , il est sans signature,
Et je ne connais pas d'ailleurs cette écriture.

Peut-être sauras-tu deviner mieux que moi
Quel est le nom du fat.....

ALÈLE lisant.

Dieu ! qu'est-ce que je voi ?

Derville !.....

Mme FRANVAL à part.

Ah ! qu'ai-je fait, juste ciel !

Haut.

Je t'en prie ,

Pardon , mille pardons de mon étourderie.....

Tendrement.

Ma pauvre Adèle, eh quoi ! l'union, le bonheur
Ont déjà disparu de votre intérieur ! !
De tous les coups du sort c'est là le plus à craindre.

En lui serrant la main.

Adèle..... je te plains.....

ADÈLE tombant dans ses bras.

Ah ! je suis bien à plaindre.....

Mme FRANVAL.

Dans tes tristes regards depuis long-temps j'ai lu
La peine que tu sens. Souvent j'aurais voulu,
En pleurant avec toi, la rendre plus légère ;
Mais tu ne disais rien, j'ai cru devoir me taire.

ADÈLE.

Malgré l'intimité qui régnait entre nous,
Convient-il de parler des fautes d'un époux ?
Victime de ses torts et de son inconstance,
Durant près de deux ans, j'ai souffert en silence.
J'aurais continué, c'était là mon devoir ;
Mais puisqu'un incident que je n'ai pu prévoir,
Vient de te révéler sa conduite odieuse,

Je dois en convenir, je suis loin d'être heureuse.
Pendant six mois, il fut assidu, plein de soins,
Et paraissait m'aimer, je le croyais du moins...
Bientôt l'éloignement, la froide politesse,
Remplacèrent pour moi sa première tendresse.
Du temps, de la raison j'attendais son retour;
Mais je vois mon espoir s'éteindre chaque jour.
Moi, qui plus que personne ai besoin que l'on m'aime,
Toujours dans l'abandon et seule avec moi-même,
Veuve avec un mari! Mon sort est désormais
De voir se consumer ma jeunesse en regrets.
Pauline, tous les jours je souffre davantage;
Hélas! moi qui jadis aimai tant le volage!
Moi qui me ferais même un plaisir, une loi,
De revenir à lui, s'il revenait à moi!

Mme FRANVAL.

Comment? toi, mon Adèle, honnête, vertueuse,
Avec un jeune époux, te voilà malheureuse.
Moi, de qui les penchans sont plus légers, moins doux,
Je trouve le bonheur auprès d'un vieil époux.
Pourtant le mal n'est pas sans remède, je pense.
Peut-être la raison, une douce éloquence...

ADÈLE.

Pauline, j'ai souvent employé ce moyen,
Je n'ai rien obtenu; je n'espère plus rien.
Je le vois rarement, à peine je lui parle;

Tendrement.

Il est toujours absent!... et sans ce pauvre Charle,
Qui fit diversion à mon isolement,
Il eût été complet.

Mme FRANVAL.

C'est véritablement
Un excellent jeune homme. Il n'est pas sur la terre
D'être plus doux, je crois, de meilleur caractère.
N'est-ce pas, Adèle?

ADÈLE baissant les yeux.

Oui.

Mme FRANVAL.

Mais, ma chère, dis-moi,
Il m'inspire à présent de l'effroi.

ADÈLE.

De l'effroi?

Elle écoute avec inquiétude.

Mme FRANVAL.

Ce matin, dans le parc, j'errais à l'aventure; ·
J'étais seule et rêvais dans une allée obscure;
Mes pas en parcouraient lentement les détours,
Quand tout-à-coup j'entends des gémissemens sourds,
Des soupirs étouffés, des sanglots.... Je m'arrête,
Et je prête à ce bruit une oreille inquiète.
Je distingue bientôt ces mots interrompus,
Ces seuls mots : Malheureux! je ne la verrai plus!
Ce discours m'attendrit; j'écoute, on recommence;
J'écarte le feuillage, et sans bruit je m'avance,
Pour savoir le motif de si vives douleurs;
J'arrive, et j'aperçois..... Charle inondé de pleurs.
Mon aspect l'interdit. Je lui parle, il se trouble;
Je veux l'interroger, son embarras redouble;
J'insiste; il se dérobe à mes regards surpris,
Et disparaît enfin, sans m'avoir rien appris.

Adèle respire.

Adèle, sa pâleur, sa figure abattue,
Me donnent à penser...., n'ont vivement émue....
Je crains fort l'avenir.... Pour toi-même, pour lui,
Je t'engage à le voir.

ADÈLE.

Tu crois...?

Mme FRANVAL.

Dès aujourd'hui.
De l'honneur je suis loin de penser qu'il s'écarte;
Mais néanmoins, il faut absolument qu'il parte.

Mouvement d'Adèle.

Je suis à cet égard, de ton opinion....
J'entre parfaitement dans ta position.....
Je trouve ta conduite et délicate et sage.....
Tu m'entends!.... je m'abstiens d'en dire davantage.
Mais ne perds pas de temps; nous partons aujourd'hui.
Va le trouver; toi seule obtiendras tout de lui.

ADÈLE très-émue.

Oui, ce conseil est bon; oui, j'irai trouver Charle;
Tout me dit en effet qu'il faut que je lui parle.

Marchant.

S'il reste, ah! je le sens, je n'échapperai pas
Au précipice affreux entr'ouvert sous mes pas.
De la fatalité je vais être victime;
Charles, Derville, tout me pousse dans l'abîme.
Il faut absolument l'éloigner de ces lieux.

Mme FRANVAL à part.

Pauvre Adèle!

ADÈLE.

Sans doute il sera généreux;
Son cœur a toujours eu de la délicatesse.

Mais où le rencontrer maintenant ? Le temps presse....
A la maison peut-être ? ah ! je l'en ai banni ;
De ma propre frayeur c'est moi qui l'ai puni.
Mais quelque part qu'il soit , il faut que je le trouve,
Et que je mette un terme aux tourmens que j'éprouve...

A son amie.

N'est-ce pas à ce soir qu'est fixé le départ ?!!!

Mme FRANVAL.

Oui.

ADÈLE.

Courons le chercher ; demain il est trop tard.
Il faut que je le voie aujourd'hui, dans une heure ;
Que je tombe à ses pieds, qu'il parte, ou que je meure.
Éloignons-nous d'ici, Pauline.

SCÈNE III.

Mme DERVILLE entrant par la grille.

ADÈLE, Mme FRANVAL.

Mme DERVILLE dans le fond du théâtre.

Approchons-nous.

Arrêtant sa fille qui sortait.

Quelle agitation ! ma fille ; où courez-vous ?

ADÈLE.

Ma mère.... c'est.... souffrez... Derville... ce voyage...
Je crains... je ne puis pas demeurer davantage....
Suis-moi... pardon , il faut que je quitte ces lieux.

Elle sort avec madame Franval, et se dirige vers Passy.

SCÈNE IV.

Mme DERVILLE seule.

Quel désordre effrayant dans son air, dans ses yeux !
Juste ciel ! quel langage incohérent, bizarre !
Mais véritablement cette tête s'égare !
Je ne la conçois plus. Charles de son côté,
Autant que j'ai pu voir, n'est pas moins agité.

SCÈNE V.

ZOÉ entrant par la grille. Mme DERVILLE.

ZOÉ.

On vient de m'apporter, Madame, avec mystère
Ce billet.

Mme DERVILLE.

Donne-moi.

ZOÉ voulant l'empêcher d'ouvrir.

Mais...

Mme DERVILLE.

Laisse donc, ma chère.

Elle lit.

« Frappé, étourdi du coup qui m'a été porté, j'ignore ce
» que j'ai pu répondre à Pauline. Mais depuis, j'ai réfléchi,
» j'ai longuement réfléchi. Vous écrire mes projets, serait in-
» suffisant; il faut que je vous voye, il le faut. Un homme

» d'un âge mûr, un ami respectable assistera à notre en-
» trevue, et verra sans entendre. »

Le singulier billet qu'aujourd'hui je reçoi !

Elle regarde l'adresse.

L'adresse est à ma fille, il n'était pas pour moi.
Zoé, qu'avez-vous fait ? vous auriez dû m'instruire.....

ZOÉ.

Hé ! vous ne m'avez pas, Madame, laissé dire.

Mᵉ DERVILLE.

Mais il faut profiter d'un hasard qui me sert.
Achevons, puisqu'enfin ce billet est ouvert.

  « Adieu, Madame. Pour prix de l'amitié la plus respec-
» tueuse, ne me refusez pas la première et la dernière grâce
» que je réclame de vous. Je vous attends à neuf heures près
» de la grille du parc.

» CHARLES. »

C'est en ce lieu. Vraiment la demande est honnête.
Un rendez-vous ! il faut qu'il ait perdu la tête.
J'éprouve, en y songeant, une indignation !....
Mais moi, que dois-je faire en cette occasion ?
C'est à moi d'empêcher..... En gardant cette lettre,
Je suis certaine..... Non..... il faut la lui remettre.
Oh ! l'excellente idée ! oui, ma fille saura
Les beaux projets de Charle ; elle le connaîtra.
Le voile déchiré, plus de danger pour elle ;
Elle rompt avec lui.

Elle remet et presse le cachet. Haut.

.Va-t-en trouver Adèle

Chez madame Franval. Moi, je reste en ces lieux.

Zoé sort.

SCÈNE VI.

Mme DERVILLE seule.

Contre eux-mêmes, il faut les protéger tous deux.
Le danger devient grave, et cette circonstance
Réclame tout mon zèle, et toute ma prudence.
Oui, courons au secours de ce cœur combattu;
J'ai pitié de ma fille; et, malgré sa vertu,
Je commence vraiment à n'être plus tranquille.
L'avenir m'épouvante.... Ah! Derville! Derville!

Elle s'assied sur le banc.

SCÈNE VII.

**DERVILLE, entrant par la grille du côté d'Auteuil.
Mme DERVILLE.**

DERVILLE à part, dans le fond du théâtre.

On n'a pas répondu, mais on viendra, je croi;
Oui, je suis convaincu que Pauline est à moi.

Il tire sa montre.

Mais je suis en retard. Neuf heures !

Il s'avance sur le théâtre et voit madame Derville.

C'est ma mère !

Ah! fuyons.

Mme DERVILLE.

Je n'ai plus de morale à lui faire;
J'ai reçu, ce matin, un si bizarre accueil.

DERVILLE sortant.

Allons vite la joindre à la mare d'Auteuil.

Il se dirige vers Passy.

SCÈNE VIII.

Mme DERVILLE marchant à grands pas.

Mon fils se convertir, la chose est impossible.
Décidément, je vois qu'il est incorrigible.
Il méconnaît, il fuit les plus sages avis ;
Sa conduite est affreuse, et s'il n'était mon fils.....
Ah ! malgré tous ses torts, il faut bien le défendre.
Je ne sais pas quel cours les choses doivent prendre ;
Mais c'est à moi de voir ce qu'on peut essayer,
De veiller, d'avertir, peut-être d'effrayer !....
Observons, empêchons le mal qui peut se faire,
Et donnons à Derville une leçon sévère.

CHARLES dans la coulisse.

Attache mon cheval, et retourne chez moi.

Madame Derville écoute.

SCÈNE IX.

CHARLES venant d'Auteuil par le bas de la coulisse.
Elle ne viendra pas.

Mme DERVILLE se cachant derrière le buisson.

Charle !

CHARLES.

Au moins, je le croi.
Pourtant, il faut la voir ; il y va de ma vie ;
Il faut absolument que je me justifie.
Non, non, je ne veux pas, m'exilant de ces lieux,
Laisser planer sur moi des soupçons odieux.
Ah ! combien pour mon cœur cette idée est pénible !

Supporter son mépris! cela m'est impossible!....
Un instant suffirait pour la désabuser;
Sera-t-elle cruelle au point de refuser?
Hélas! je ne dois plus revoir jamais Adèle.

SCÈNE X.

CHARLES, DERVILLE venant de Passy.

CHARLES s'avançant vers la coulisse.

On vient! c'est elle.

DERVILLE le saisissant par le bras.

Non, Monsieur, ce n'est pas elle;
C'est moi.

CHARLES à part.

Derville! ô ciel!

DERVILLE.

Vous conviendrez, je crois,
Que si vous attendiez quelqu'un, ce n'est pas moi.

CHARLES à part.

Quel coup de foudre! ô Dieu! que faire?

DERVILLE d'un ton sévère.

Monsieur Charle,
Écoutez-moi, venez ici, que je vous parle.
Comment! de mes bontés voilà le résultat!

CHARLES à part.

Ah! tout est découvert, grand Dieu!

DERVILLE.

Petit ingrat,
Je vous reçois chez moi comme un homme que j'aime,
Je vous traite en parent, et dans ce moment même,
Vous avez un amour, que dis-je? un rendez-vous.....
Et je l'apprends, Monsieur, par un autre que vous.
Ah! c'est affreux, j'en suis courroucé.

CHARLES à part.

Je respire.

DERVILLE.

Est-ce ainsi qu'avec moi vous deviez vous conduire?
A ne vous rien cacher, vous agissez fort mal.

CHARLES balbutiant.

Quoi!....

DERVILLE.

Je sais tout, je viens de rencontrer Franval,
Que je ne cherchais pas, car je cherchais sa femme;
Mais elle m'a joué, je n'ai pas vu la dame!
Enfin, pour revenir, il m'a tout raconté;
C'est par distraction qu'il avait accepté.

CHARLES.

Il ne viendra donc pas?

DERVILLE.

Une importante affaire
Le demande à Paris, l'appelle au ministère;
Il m'a dit de venir le remplacer.

CHARLES.

Comment?

7

DERVILLE.

Cela rentrait de droit dans mon département.

Sévèrement.

Oui, c'est un procédé coupable que le vôtre.

CHARLES.

Mais.... !

DERVILLE.

    Deviez-vous songer à faire choix d'un autre....?
Quoi qu'il en soit, malgré mon indignation,
Je veux bien pardonner; mais à condition
Qu'à dater d'aujourd'hui, je saurai vos fredaines.
Ne vous ai-je pas, moi, conté toutes les miennes?
Je le veux, je l'exige; entendez-vous cela?

CHARLES à part.

Malgré la nuit, sans doute il la reconnaîtra,
Et je tremble qu'alors dans sa fureur jalouse.....

DERVILLE.

Je suis mari, c'est vrai; mais jamais je n'épouse
Les querelles de corps, et dans les différends,
Je me range toujours du parti des galans.

CHARLES à part.

Mais voici le moment, Adèle va paraître!
Et, dans l'obscurité, se trahira peut-être.

DERVILLE.

Et la petite femme, est-elle bien? Son nom?.....
Est-elle mariée?..... Ah! tu ne dis pas non.
Vous chassez donc aussi sur les terres des autres?
Puis, fiez-vous encore à tous ces bons apôtres;
Voyez cet air si doux; pouvait-on se douter.....

CHARLES à part.

Si du moins de ce lieu je pouvais l'écarter.

DERVILLE.

Tu ne dis mot ! qu'as-tu ?

CHARLES balbutiant.

Mon cher ami..... sans doute....
Elle viendra bientôt.....

DERVILLE.

Eh bien ! après ?

CHARLES.

Écoute.....
Tu devrais..... me laisser.

DERVILLE élevant la voix.

Vous vous moquez , je croi !
Je veux la voir.

CHARLES.

O ciel !

DERVILLE.

Je veux lui parler, moi.

CHARLES avec terreur.

Lui parler ! que dis-tu ? quelle pensée affreuse !
Mais songe donc qu'elle est honnête , vertueuse.

DERVILLE.

Honnête ! l'innocent !

CHARLES.

Pourquoi me tourmenter ?
Derville, mon ami , garde-toi de rester.

7*

DERVILLE.

Sais-tu que ton refus me pique davantage?
C'est donc un grand secret que cet amour? Je gage
Que je connais la dame!

CHARLES entendant madame Derville qui fait du bruit derrière le
buisson.

On vient à nous, grand Dieu!

C'est elle! je frémis!

DERVILLE.

J'en suis charmé, parbleu!
Je la verrai, je tiens à percer ce mystère.

Charles effrayé s'interpose entre Derville et le lieu d'où part le bruit.

SCÈNE XI.

DERVILLE, CHARLES, Mme DERVILLE
dans le fond.

Me DERVILLE à part.

Ma fille viendra-t-elle? oh non.

CHARLES repoussant son ami.

Que vas-tu faire?

Me DERVILLE à part.

Pourtant j'ai lieu de craindre.....

CHARLES à Derville.

Arrête, par pitié!
Arrête, au nom du ciel! au nom de l'amitié!

Se retournant vers le buisson.

O Dieu! n'avancez pas, Madame, je vous prie.

Luttant contre Derville.

Plutôt que de la voir, tu m'ôteras la vie.

Mᶜ DERVILLE.

Observons-les toujours.

DERVILLE.

Eh ! mon Dieu ! que de bruit !
Puisque tu prends la chose au tragique, il suffit ;
Je ne la verrai pas.

CHARLES.

Ah ! je me sens renaître !

DERVILLE.

J'obéirai ; je suis bien complaisant peut-être ;
Je ne veux pas ta mort, cher cousin, Dieu merci.

CHARLES.

Mon ami, quelqu'un vient ; retire-toi d'ici ;
Retire-toi.

DERVILLE.

C'est juste ; il faut de la décence.
Je sais vivre, je vais me tenir à distance.

Déclamant.

Protecteur des amours, pour vous je veillerai ;
Si l'ennemi paraît, je le signalerai.

Il s'éloigne et revient sur ses pas.

Ah ! dis-moi donc, je veux, pour mieux jouer mon rôle,
Promener ton cheval, cela sera fort drôle.
C'est lui que j'entends là ?

CHARLES.

Dans le taillis voisin.

DERVILLE.

A charge de revanche, entends-tu, mon cousin ?

De la coulisse.

Bonne chance.

SCÈNE XII.

CHARLES, M DERVILLE toujours derrière le buisson.

Faut-il que je prévienne Adèle?
Non, non, elle fuirait dans sa frayeur mortelle.....
Pourtant, elle me blâme, elle doit m'accuser,
Et je m'éloignerais sans la désabuser!
Ah! je veux lui parler..... j'entends quelqu'un! j'ignore...

SCÈNE XIII.

CHARLES, ADÈLE, Mme DERVILLE.

ADÈLE entrant précipitamment, la lettre de Charles à la main.

Il faut que je le voie; il y doit être encore;
Hâtons-nous; je me meurs, et mes sens éperdus.....

A Charles, qu'elle saisit vivement par le bras.

Ah! je vous trouve enfin, je ne vous quitte plus.

CHARLES.

Ma cousine, c'est vous!

ADÈLE.

J'arrive pour vous dire
Qu'à ma demande il faut absolument souscrire.
Charles, vous me perdez, si vous restez ici;
Ma mère a des soupçons, mes gens en ont aussi,
Il en est temps, partez! prenez pitié d'Adèle.
Partez! délivrez-moi de ma crainte mortelle.

Oui, c'est une faveur que j'exige de vous,
Et que je viens ici réclamer à genoux.

CHARLES.

Vous !..... J'avais repoussé les offres de Pauline ;
Mais j'ai songé bientôt à ma triste cousine ;
J'ai vu son avenir, son bonheur compromis,
J'ai compris mon devoir, et je me suis soumis.

ADÈLE.

Charles, que j'aime en vous cette délicatesse ;
Oui, je vous reconnais..... Il faut que je vous laisse.

CHARLES.

Un seul instant encor. J'ai des torts envers vous ;
J'ose vous demander de les oublier tous.

ADÈLE.

Ils sont tous oubliés ; séparons-nous.

CHARLES.

Adèle,
Gardez le souvenir d'un ami si fidèle.

ADÈLE.

Toujours. Séparons-nous.

CHARLES à genoux.

Eh bien ! oui, oui, je pars ;
Consolez-moi du moins d'un seul de vos regards.

ADÈLE le regardant avec amitié.

Charles.....

SCÈNE XIV.

DERVILLE, CHARLES, ADÈLE, Mme DERVILLE
derrière le buisson.

DERVILLE agitant vivement sa main de la coulisse au-dessus du
buisson de gauche.

Retirez-vous.

CHARLES courant à lui.

Malheureux !

DERVILLE.

On s'avance ;
J'accours vous prévenir ; fuyez, de la prudence.

ADÈLE qui est allée tomber sur le banc, et se couvre la tête de son voile
et de son écharpe.

Derville !

CHARLES à son ami.

Tu me perds.

DERVILLE.

Eh ! qu'a donc cette dame.

ADÈLE à part.

Je sens un froid mortel jusques au fond de l'ame.

DERVILLE.

Charle, eh bien ! qu'attends-tu ? tu trembles, malheureux !
C'est donc à moi d'avoir de la tête pour deux.

S'avançant vers sa femme et la saluant avec cérémonie.

Madame, permettez ! votre danger m'inspire.

CHARLES le repoussant.

Que veux-tu faire, ô ciel !

DERVILLE.

Laisse-moi la conduire.

CHARLES luttant toujours.

Non, non, garde-toi bien d'accompagner ses pas.

DERVILLE examinant sa femme et s'éloignant un peu.

C'est madame Flavière !....

ADÈLE.

Ah ! grand Dieu !

DERVILLE s'en allant.

Dans ce cas,

Je me retire donc.

Se rapprochant.

Chez moi vas-tu te rendre ?

CHARLES le poussant.

Oui, dans l'instant ; va-t-en.

DERVILLE s'en allant de nouveau.

Alors, je puis t'attendre.

Revenant.

Dis-donc, de ton amour j'ai reconnu l'objet ;
Rien ne m'échappe.

Il fait un mouvement pour sortir.

CHARLES avec effroi.

O ciel !

DERVILLE revenant encore.

Chut ! je serai discret.

Il sort en longeant le mur du parc.

SCÈNE XV.

CHARLES, ADÈLE, Mme DERVILLE

dans le feuillage.

CHARLES revenant à sa cousine.

Pauvre Adèle !

ADÈLE.

En ces lieux pourquoi suis-je venue ?

CHARLES.

Me pardonnerez-vous ?

ADÈLE.

Ah ! vous m'avez perdue.

Elle rentre par la grille, Charles sort du côté opposé.

SCÈNE XVI.

Mme DERVILLE sortant du buisson.

Quand j'ai vu le mari qui servait de témoin,
J'ai dit : Je suis tranquille et ne vais pas plus loin.
Il faut en convenir, la vengeance est parfaite !
Non, puisqu'il ne sait rien, elle n'est pas complète.
Je prétends que les faits lui soient révélés tous ;
Allons joindre mon fils, et frapper les grands coups.

ACTE CINQUIÈME.

Le théâtre représente le salon du premier acte, avec deux lampes
astrales sur chaque table.

SCÈNE PREMIÈRE.

ADÈLE seule.

Elle traverse rapidement la scène, et va tomber dans un fauteuil.

O dieu! je n'en puis plus, je frissonne, je tremble,
J'ai la fièvre!... je sens tous les tourmens ensemble.
Quel assaut, juste ciel! je viens de soutenir!
Quels dangers! je frémis à ce seul souvenir....
Comme il me regardait!... S'il m'avait reconnue,
Qu'il eût!... Ah! je le sens, j'expirais à sa vue....
Heureusement le ciel a pris pitié de moi;
Je suis ici, je suis en sûreté!.... Mais quoi!
N'ai-je plus rien à craindre? Et s'il allait paraître!
Sous ces ajustemens il peut me reconnaître,
Il peut... ah! quittons-les, quittons sans différer
Ces témoins indiscrets qui pourraient l'éclairer.
S'il rentrait, je serais une femme perdue.

*Elle ôte son chapeau, son voile, son écharpe, et les jette dans
un cabinet qu'elle ferme.*

Mais il ne peut tarder de s'offrir à ma vue;
Si même, en ce moment, il n'est pas de retour,
C'est que du parc sans doute il aura fait le tour.
Mais qu'est-ce que j'entends, ô ciel! que veulent dire
Ces cris immodérés et ces éclats de rire?

SCÈNE II.

DERVILLE, ADÈLE.

Derville entre en continuant ses éclats de rire.

ADÈLE à son mari.

Eh quoi ! c'est vous, Monsieur ?

DERVILLE lui baisant la main.

Adèle, te voilà.

Il rit encore.

ADÈLE.

Qu'avez-vous donc ?

DERVILLE.

Jamais je n'oublîrai cela.

Nouveaux rires.

La drôle d'aventure ! Elle va te surprendre.

ADÈLE.

Quoi donc ?

DERVILLE.

Si tu savais ce que je viens d'apprendre !....

ADÈLE.

Enfin.....

DERVILLE.

Ton froid cousin, à qui nous reprochions
De ne tenir à rien, de fuir les passions,
Eh bien ! ma chère, il aime avec idolâtrie ;
L'amour a triomphé de la géométrie !..
Il est rempli d'un feu discret et sans espoir !
Mais bien qu'il m'eût caché qu'il avait pour ce soir

Un rendez-vous, auquel la nuit prêtait son voile,
Je l'ai su !... Le hasard, ou plutôt mon étoile
M'a conduit sur les lieux ; j'ai pu voir tout de loin,
Et vais te raconter ce dont je fus témoin.

ADÈLE vivement.

Non, non, n'en faites rien si vous voulez m'en croire..

DERVILLE.

Pourquoi ?

ADÈLE timidement.

J'ai peu de goût pour ce genre d'histoire.

DERVILLE.

Quelle idée ! allons donc, je veux absolument....

ADÈLE.

Daignez me dispenser....

DERVILLE.

Mais c'est que c'est charmant !
Mon récit te plaira, sois en sûre.

ADÈLE.

Au contraire,
Je suis sûre, Monsieur, qu'il ne doit pas me plaire.
Ainsi, permettez-moi....

DERVILLE la retenant.

Non, non, tu resteras ;
J'ai besoin de conter, et tu m'écouteras.

ADÈLE.

J'ai l'ame triste !

A part.

Oh dieu ! je souffre le martyre.

DERVILLE.

Tu n'es pas gaie; eh bien! cela te fera rire.
Or donc, j'entre en matière, et dois dire avant tout,
Que ton petit cousin est, ma foi! de bon goût.
Autant que j'ai pu voir, la dame est agréable;
Une mise élégante, une tournure aimable....
Comme la tienne...

ADÈLE à part.

O ciel!

DERVILLE.

Cependant, je croirais
Qu'elle est un peu plus grande.... eh! mais, tu la connais;
Nous la voyons souvent, c'est madame Flavières.

ADÈLE.

Ma.. dame....

DERVILLE riant beaucoup.

Hem! conviens-en, tu ne t'en doutais guères?

ADÈLE.

Monsieur....

DERVILLE.

Et le mari!

Il s'interrompt par de grands éclats de rire.

N'est-il pas bien plaisant?

Des époux de Paris, c'est le plus suffisant.
Il va disant partout que sa femme l'adore.
Elle seule est fidelle, à ce qu'il dit encore.
Quand il en parle, il est radieux, triomphant;
En vérité, cet homme est un bien bon enfant!

Regardant fixement sa femme.

N'est-ce pas?

ADÈLE.

Oui... Monsieur...

A part.

Ah! j'ai l'ame navrée.

SCÈNE III.

Mme DERVILLE, DERVILLE, ADÈLE.

ADÈLE à part.

Voilà sa mère, enfin, et je suis délivrée.

Mme DERVILLE.

Je vous retrouve donc.

A part.

Quel air joyeux il a !
Nous allons voir un peu si cela durera.

DERVILLE.

Tu ne me parais pas disposée à me croire.
Je te ferai conter par Charles cette histoire.

Mme DERVILLE.

Non, ne l'espérez pas ; Charles quitte Paris,
Mon fils, et part, ce soir, pour les États-Unis.

DERVILLE.

Franval veut l'emmener ? Mais c'est de la démence !

Mme DERVILLE.

Rien n'est plus vrai pourtant ; Charles quitte la France
Avec l'ambassadeur, monsieur de Mayneval ;
C'est un fait que je tiens de madame Franval.

DERVILLE.

Ah ! j'y suis maintenant ! je commence à comprendre ;
Ce départ-là n'a rien qui puisse me surprendre.
C'est l'amour, j'en suis sûr, qui cause son malheur.
Eh bien ! moi, je le plains vraiment de tout mon cœur.
Mais aussi, conçoit-on cette délicatesse,
D'aller s'expatrier parce que sa maîtresse
A dit le oui fatal. Oh ! le pauvre garçon !
Tout pouvait s'arranger si bien d'autre façon !
Je reprends mon histoire.

ADELE.

Épargnez-nous, de grâce,
De semblables détails. Avec vos amis, passe ;
Mais ici vous sentez.....

DERVILLE.

Je ne sens rien du tout ;
Vous entendrez, parbleu ! mon récit jusqu'au bout.

ADÈLE à part.

Quelle position !

DERVILLE.

Permettez que je parle.

Mme DERVILLE.

De quoi s'agit-il donc ?

DERVILLE.

D'un rendez-vous de Charle,
Auquel j'ai par hasard tout à l'heure assisté.
Car, vous saurez qu'il aime une jeune beauté
En tout bien, tout honneur, et vous allez voir comme !...
Vous n'imaginez pas la candeur du jeune homme !
C'était, à chaque instant, des soupirs, des hélas !
Des contemplations qui ne finissaient pas.

Le malheureux, tout plein d'amour et d'innocence,
Lui disait : Je vous aime..... à dix pas de distance.
Pourtant, lorsqu'elle était sur le point de venir,
Je l'avais bien prêché, mais sans rien obtenir.

ADÈLE.

Ah ! finissez de grâce, ou bien je me retire ;
Ceci devient trop fort.

DERVILLE impatienté.

Mais laisse-moi donc dire ;
Tu vas voir !

Mme DERVILLE.

Permettez qu'il aille jusqu'au bout.
Son récit m'intéresse.... et m'amuse surtout.

DERVILLE.

Néanmoins, je dois dire, historien fidèle,
Qu'il parut un moment tout rempli d'un beau zèle ;
Mais cela dura peu ! Pendant ce temps, ma foi,
Je remplissais un rôle assez nouveau pour moi.
Tandis que l'ami Charle était avec sa belle,
Moi, gravement pour lui je faisais sentinelle ;
J'observais tout. Que dis-je ? en ce moment fatal,
C'est moi qui du galant promenais le cheval.

A sa mère.

Mais ne trouvez-vous pas l'anecdote plaisante ?

Mme DERVILLE.

Pardonne-moi mon fils ; je la trouve charmante.
J'en sais une à peu près pareille. Cependant,
Elle est plus drôle encor que la tienne.

8

DERVILLE.

Vraiment ?

Contez-la, nous pourrons juger des ressemblances.

Mme DERVILLE.

Ce sont absolument les mêmes circonstances :
Un rendez-vous nocturne, un amant délicat,
Respectant ce qu'il aime, et redoutant l'éclat ;
D'autre part, une femme, aussi jeune que belle ;
Un tiers qui se promène et qui fait sentinelle.
Mon histoire diffère en deux points seulement !

DERVILLE.

Voyons cela.

Mme DERVILLE.

Sais-tu quel était cet amant,
Dont on raille si bien la vertueuse flamme ?

DERVILLE.

Qui donc ?

Mme DERVILLE finement.

C'était, dit-on, le cousin de la dame.

DERVILLE riant.

Le cousin de la dame !

ADÈLE à part.

O ciel !

DERVILLE.

Il se pourrait !

Mme DERVILLE.

Et d'un autre côté, sais-tu bien quel était
Cet ami complaisant, qui faisait sentinelle ?
Avec force.
Le mari.

DERVILLE foudroyé.

Le mari !

ADÈLE à part.

Juste Dieu ! que dit-elle ?

DERVILLE.

Quoi ! c'était le mari ?

Mme DERVILLE singeant son fils.

« Dans le moment fatal ,
» C'est lui qui du galant promenait le cheval. »

DERVILLE à part.

Ah ! qu'entends-je ?

ADÈLE à part.

Grand Dieu !

Mme DERVILLE à part.

L'anecdote le frappe.

Pendant le couplet suivant, Adèle et Derville ont les yeux baissés,
et passent par les sentimens les plus opposés.

L'homme de qui je parle , et dont le nom m'échappe ,
Si j'en crois les *on dit*, méritait bien son sort ;
Car, envers son épouse, il avait un grand tort.
En principe Monsieur érigeait l'inconstance ;
Bien loin de s'attacher à sauver l'apparence ,
Pour ses galans exploits tout fier d'être cité ,
Lui-même leur donnait de la publicité ;
Et lorsqu'en dernier lieu , sa conduite imprudente
Lui fit voir une scène à coup sûr innocente ,
Puisqu'un tiers s'y trouvait ; il allait sans témoins
Chercher un rendez-vous qui l'était beaucoup moins.

Sa mère, qui blâmait cette indigne conduite,
Témoin de tant d'écarts, en redouta la suite;
Et voyant constamment rejeter ses avis,
Crut devoir surveiller la femme de son fils,
Et, ce certain parent, que l'époux infidèle
S'obstinait à laisser toujours seul avec elle.
La conséquence était bien facile à prévoir,
Il aima sa cousine à force de la voir.
Long-temps il combattit sa coupable faiblesse;
Mais sentant chaque jour augmenter sa tendresse,
En ami délicat, en homme généreux,
Il s'est expatrié pour rester vertueux.....
Une chose au surplus, dont la mère, en son âme,
A la conviction, c'est que la jeune femme
Dans cette passion n'était pas de moitié.

Derville devient plus attentif.

Elle n'a jamais eu qu'une tendre amitié,
Et bien qu'elle ait été cruellement blessée,
N'a rien fait qui ne soit pur comme sa pensée.

Pendant un moment de silence, Derville jette sur Adèle un regard reconnaissant.

Eh! mais, qu'avez-vous donc tous deux en ce moment?
Pourquoi baisser les yeux? vous m'étonnez vraiment.
Vous ne trouvez donc pas mon histoire amusante!

A son fils qu'elle frappe sur l'épaule.

Mon fils!

ADÈLE à part.

Que dira-t-il? je suis toute tremblante.

Mme DERVILLE.

La femme en question, voyons! qu'en penses-tu?

DERVILLE.

Moi! qu'elle est un exemple accompli de vertu.

Mme DERVILLE.

Très-bien. Et que dis-tu de l'époux infidèle,
Qui de tant de maris est le brillant modèle ?

DERVILLE.

Je dis qu'il est un sot, et que je prétends bien,
A dater d'aujourd'hui, ne l'imiter en rien.

Mme DERVILLE.

Encor mieux.

DERVILLE baisant d'un air humilié la main de sa femme.

Mon Adèle !

ADÈLE à part.

Ah ! ce mot me soulage ! ....

Mme DERVILLE.

Dans ta bouche, mon fils, j'aime fort ce langage ;
Oui, mon cœur est touché d'un aveu si loyal ;
C'est bien, très-bien.

FRANCISQUE.

Monsieur et Madame Franval.

SCÈNE IV.

M. FRANVAL, Mme DERVILLE, DERVILLE, ADÈLE, Mme FRANVAL.

M. FRANVAL.

Mes amis, nous venons à la hâte vous faire
La visite d'adieu.

Mme FRANVAL à Adèle.

Conviens qu'il faut , ma chère ,
T'aimer bien pour venir de Paris aussi tard.

ADÈLE.

Oui , beaucoup.

Mme FRANVAL.

Nous touchons au moment du départ.

ADÈLE.

Quoi ! vous voyagerez par cette nuit obscure ?

Mme FRANVAL.

Dans deux heures au plus , nous serons en voiture ;
Charles nous attend.

DERVILLE d'un ton presque menaçant.

Charle !

Mme FRANVAL.

Oui.

Mme DERVILLE.

Charle ?

Mme FRANVAL.

Il est chez nous.

DERVILLE se contraignant.

Charle ! en effet , comment n'est-il pas avec vous ?

FRANVAL.

C'est que l'ambassadeur l'a pris pour secrétaire ,
Et vient de lui donner quelques lettres à faire.

A Derville.

Mais ne devez-vous pas faire une absence aussi ?

DERVILLE.

Non ! j'ai changé d'avis, je veux rester ici.

Se précipitant sur la main de sa femme.

Je ne voyage plus qu'avec toi, mon amie.

Mme DERVILLE à part.

Puisse ce beau transport durer toute sa vie !

A son fils.

Derville, j'applaudis à tes intentions.

A Franval.

Comme je tiens toujours à nos opinions,
Si Charles quelque jour songeait au mariage,
Rappelez-lui, Monsieur, ce mot heureux d'un sage,
Dont malheureusement le nom m'est échappé :
Qui néglige sa femme, est à moitié trompé.

FIN.

La scène est dans une maison de campagne d'Auteuil, attenant au bois de Boulogne. Le théâtre représente, pendant les trois premiers actes et le cinquième, un salon élégamment décoré. La porte et les deux fenêtres du fond restent ouvertes sur le parc de la maison. Deux portes latérales servent d'issue aux appartemens. Celle qui est à la gauche du spectateur, conduit à la salle à manger et aux chambres de mesdames Derville mère et fille. Celle de droite conduit à l'appartement à coucher de Derville et à celui de Charles. De chaque côté du théâtre et sur le premier plan, sont deux tables recouvertes de tapis modernes à frange. Sur celle qui touche à la chambre de Derville, est un petit pupître de voyage, garni de tout ce qu'il faut pour écrire; sur l'autre, sont des livres. L'ameublement se compose de deux causeuses, deux bergères et six fauteuils. Au cinquième acte, il est entre neuf et dix heures du soir. Il n'y a de changement à la décoration que dans la manière d'éclairer le théâtre. Toute la partie du parc est très-obscure, et deux lampes astrales sont posées sur chacune des tables.

Au quatrième acte, le lieu de la scène est au bois de Boulogne. Le fond du théâtre est garni d'arbres placés sans ordre. A la gauche du spectateur, sur un pan coupé du quatrième au cinquième plan, et saillant des coulisses d'environ cinq à six pieds, se trouve la grille du parc de la maison de Derville, dont le mur se prolonge en s'enfonçant dans la coulisse. Sur l'un des pilastres de la grille est attachée la plaque de l'assurance mutuelle. Au troisième plan de gauche et du même côté que la grille, se trouve un buisson adhérent à la coulisse et formant une saillie de trois à quatre pieds; le cheval de Charles est censé être attaché derrière ce buisson. A partir de la grille du parc, jusqu'au deuxième plan du côté droit, est une route diagonale tracée par des arbres, au milieu desquels se trouve planté un poteau sur lequel on lit ces mots : *chemin de Passy*. Sur le premier plan de droite, et presque parallèlement à la rampe du théâtre, est un autre buisson de cinq pieds de longueur sur six de hauteur, et détaché de la première coulisse d'environ deux pieds; il sert à cacher madame Derville mère pendant le rendez-vous du quatrième acte. Un banc de bois grossier est placé devant ce buisson et sert de siége à Adèle au moment où elle reconnaît son mari.

www.ingramcontent.com/pod-product-compliance
Lightning Source LLC
Chambersburg PA
CBHW060814250626
47162CB00005B/1790